JN070599

The Court Wizard in Shadow
姫を救出すべきか、
議論を重ねている連中に言い放つ。
「俺に100の兵士を貸してくれ。
そうすれば姫様を救出し、
300の兵も駆逐してみせる」

シスレイア・
フォン・エルニア
エルニア王国の第三王女。
腐敗した王国を改革すべく、
レオンに助力を請う。
クロエ
シスレイアお付きのメイド。
数々の智謀を駆使する
レオンを尊敬している。
レオン・
フォン・アルマーシュ
エルニア王国の宮廷魔術師。
普段は無気力だが
シスレイアの“影”の軍師
として暗躍する。

ヴィクトール
エルニア王国軍所属の
大剣使い。
“鬼神”の異名を持つ。
冤罪で囚われていたが、
レオンの目に留まり……
ウィニフレット
王都の新聞記者。
スクープを求め、
暗躍するレオンに
近づく。
ケーリッヒ・
フォン・エルニア
エルニア王国の第二王子。
王位継承を目論み、
忌み子であるシスレイアを
排除しようと画策する。

「……疵物ですが、この身体を好きにしてください」

子鹿のように震えているが、
たしかな決意がその内側から漏れ出ていた。

彼女はどのような辱めも受けるだろう。

俺を手に入れるためならば、どのような試練にも打ち勝つはずだった。

影の宮廷魔術師

～無能だと思われていた男、実は最強の軍師だった～

1

（著）羽田遼亮
（絵）黒井ススム

The Court Wizard in Shadow

CONTENTS

プロローグ

†

聖歴一二〇〇年、春――

エルニア王国と呼ばれる地にある王立図書館にひとりの少女がやってくる。政治の資料を探すためにやってきたのだ。

そこで司書を務めるレオン・フォン・アルマーシュと運命的な出逢(であ)いを果たすのだが、それが運命であったと自覚するにはしばしの時間が必要であった。

一方、亡命貴族の息子である司書は初めから運命めいたものを感じていた。姉の言葉を思い出す。

「――レオン、覚えておきなさい。運命の女神はある日突然現れるの。あなたの伴侶となるべき人はきっと見目麗しく、機知にも富んだ娘よ。もしも出逢ったら大切にして絶対に離さないでね」

姉は運命論者であったし、ロマンチストでもあったので、その予言は信じていなかったが、図書館に現れた姫様を見て考えを改めた。

「シスレイア・フォン・エルニア……」

この世で最も高貴で美しい名を口にする。

レオンは自分のことを現実主義者で非ロマンチストだと思っていたが、それは無知からくる誤解であったようだ。

一年後、レオンはあれほど嫌っていた軍人となり、シスレイアに仕えることになる。生涯、彼女に忠誠を捧げ、身命を賭すことになる。

シスレイアをこの国の頂点に導き、世界に調和をもたらすことになるのだが、レオンもシスレイアもまだそのことは知らない。ただ、確実にひとつだけ言えることがあるとすれば、世俗嫌いのレオンという男といくさが嫌いなシスレイアという娘が出逢ったことにより、この世界の歯車が動き出したということだった。

世界は彼らを中心に回り始めた——。

第一章　宮廷魔術師　兼　宮廷図書館司書

†

俺の名はレオン。レオン・フォン・アルマーシュ。

エルニア王国に仕えるしがない宮廷魔術師だが、父親の代まではこの大陸の半分を支配する帝国の有力貴族だった。

しかしそれも今は昔の話、現在は地方の王国の宮廷魔術師　兼　宮廷図書館司書をしている。

それを凋落（ちょうらく）、零落と嘆くものもいるが、本人はまったく気にしていない。

そもそも俺は今の立場に満足していた。

ただ宮廷の図書館で本の整理をしているだけで支払われる給料。

なにも成果を残さずとも貰（もら）える俸給（ボーナス）。

福利厚生もしっかりしており、数十年勤め上げれば年金も貰える。

もしもこれが民間会社だったらそうはいかない。

冒険者ギルドならば毎日、ダンジョンに潜ってお宝を集めなければいけないし、商会ならば商品を売って利益を上げなければいけない。

このように本の整理をする振りをして、趣味の歴史書や小説を読んでいるだけでお金を貰える商

売は他にない。

つまり、俺が今勤めている職場は最高ということだ。天国ということだ。

そう信じて疑っていなかったが、その平穏は、唐突に終わりを告げる。

ある日、上司に呼び出されたのだ。

「レオン。君に辞令が下りた。王国陸軍の文官として戦地に行ってもらう」

その言葉を聞いた瞬間、めまいがした。俺はなにか悪いことでもしたのだろうか？

と問うと上司は言う。

「なにもしていない。というか、君はまったく仕事をしていないな。司書としてもだ」

お褒めにあずかり光栄です、と、さすがに心の中で言うと上司は詳細を伝えてくる。

「これは形だけのことだ。従軍魔術師に不足があってな。急遽（きゅうきょ）、間に合わせで文官を派遣することになった」

「なるほど、それで俺に白羽の矢が」

「文官も忙しくてね。そうなると必然的に暇なやつが選ばれる」

「日頃の行いの成果ですな」

他人事（ひとごと）のように言うと、命令を受諾する旨を伝えた。

「ほう、意外だな。拒否されるかと思った」

「一仕事終えれば元の仕事に戻してくれるんでしょう？」

「無論だ。本来、従軍魔術師は左遷職ではない。今回は本当に一時的な処置だ」

暇だから選ばれた、というのは本当のようだ。本来ならば文官職の中でもやる気のある人物が選ばれるはずだったのだが、今は決算報告書作成の時期、どこの部署も目が回るような忙しさだった。

暇なのは宮廷図書館で給料泥棒をしている俺くらいなのだろう、と自分を納得させると、戦地に旅立った。

図書館に住み着いた猫に別れを告げる。

「ま、給料分の働きはしてくるよ」

猫は「にゃあ」と興味なさげに返答してくれた。


エルニア王国は大陸の西方にある。

いわゆる諸王同盟のひとつだ。

諸王同盟とは西方にある王国連合のことを指す。

この大陸は西を諸王同盟が支配し、東をアストリア帝国が支配する二頭体制なのだ。

大陸にふたつもの巨大勢力があるということは、常日頃から戦争をしているということでもある。

両勢力の国境線では小競り合いが繰り広げられている。

今回も国境線上の砦(とりで)に配属され、そこから前線の様子を報告するのが俺の任務だった。

どの部隊が活躍したのか、誰が一番に活躍したのか、戦目付として上司に報告するのが役目であった。

大事な役目ではあるが、心躍る任務ではない。こういうのは従軍魔術師の中でも使えないやつがやるというのが相場になっていた。

なぜならば戦働きを評価するというのは恨まれる仕事だからだ。

一生懸命働いたのに活躍が認められないもの、逆に自意識過剰で自己評価が高いものからも恨まれる。

というわけで戦目付は不人気職なのだ。

「俺が任されるのも道理だな」

と愚痴を漏らすが、嘆くようなことなく、自分の責務を果たす。

本を読みながら片手で報告書を書く。その態度はどうか？　と同僚に注意を受けたが、今さら真面目にやったところで俸給（ボーナス）が上がることはない、と返す。

同僚を呆（あき）れさせていると、伝令が飛び込んできた。

伝令は血相を変えながら大声を発する。

「第八歩兵部隊が敵に包囲されているらしい」

第八歩兵部隊とはこの砦を守る師団の歩兵部隊のひとつだ。

「歩兵部隊が包囲されるなど、よくあることではないか」

幹部のひとりは豪胆に言い放つが、すぐに言葉を呑（の）む。伝令の報告には続きがあったのだ。

「第八歩兵部隊は現在、我が旅団の団長を保護しているとのこと」

「つまりそれは姫様が包囲されているということか!?」

「その通りです」

その言葉を聞いた一同は青ざめる。

ただし、表情の意味はそれぞれ違う。姫様を敬愛する連中は彼女の身を案じていた。残りの連中は姫様の戦死が自分の経歴に傷を付けると思っているようだ。

この旅団の長、シスレイア王女は慈悲深い性格で、部下に慕われる人格者であったが、この砦のものすべてが彼女の部下というわけではない。ほとんどがエルニアの王都から派遣された与力のようなものであった。

となると彼女を命懸けで救うか、意見も割れる。

「第八歩兵部隊は今、敵軍に包囲されつつあります。その数は三〇〇ほど」

「三〇〇……」

一同は息を呑む。

第八歩兵部隊の数は三〇。直近の激戦でさらに数を減らしているに違いない。

この砦に残された兵力は一五〇。砦を空にして敵の側面を突けば倒せない数ではないが、そのようなことをすれば砦は陥落するに違いなかった。

そうなれば王都から派遣された与力は反対する。

「国王陛下からはこの砦を死守しろとの命令が出ている」

「王女とて武人、砦が失陥してまで己の命を惜しむことはないのではないか？」

となる。

王女の配下も苦渋の表情をしている。おそらくは王女自身、高潔な性格をしているのだろう。我が身を助けるために砦を離れろとは絶対に言わないタイプだと思える。

――俺もその性格を知っていた。

王女とは何度か、図書館で会ったことがあるのだ。

そのときの印象は清楚で可憐な少女だった。とても線の細い少女で、軍人には見えなかった。

彼女は毎日のように本を借りると、いつもにこやかな表情を俺に見せてくれた。

無論、俺に惚れているとか、そういうことでなく、誰に対しても同じような表情をするのだろう。

それは風聞で知っていた。

誰に対しても慈愛を持って接する心優しき王女。俺とてうぶなガキではないのだから、それで惚れるようなことはなかったが、それでも嬉しいことがひとつあった。

彼女は本を返すたびに、「お疲れ様です」と俺に飴玉をくれた。

彼女は読んだ本に自作のしおりを挟み、メッセージを添えた。

「この本がひとりでも多くの人を幸せにしますように――」

そのメッセージを見るたびに、やさぐれた俺の心が少しだけほぐれるような気がしていたのはたしかだ。

だから俺は迷うことなく言った。

姫を救出すべきか、議論を重ねている連中に言い放つ。

「俺に一〇〇の兵士を貸してくれ。そうすれば姫様を救出し、三〇〇の兵も駆逐してみせる」

その言葉を聞いた幹部連中は、きょとんとしていた。

どうやら俺の言葉は大言壮語に聞こえるようだ。

†

一〇〇の兵を貸してくれれば姫様を助け、敵を殲滅(せんめつ)する。

その台詞(せりふ)が大言壮語でなければ、辞書を書き換えないといけないかもしれない。

少なくともこの砦の幹部たちはそう思っているようだ。

「なにを言うか、この青二才め！」

そう怒ったのは、この砦で二番目に偉い人物、アスハム大佐だった。

彼は立派なひげを震わせながら言う。

「たったの一〇〇の兵で姫を救出した上に敵を駆逐するだと？　貴様、戦争を愚弄しているのか」

「まさか」

「そもそも貴様は文官ではないか。ただの戦目付だ。身分は大尉待遇だろう。この軍議は佐官以上のもののみ発言が許される場所ぞ」

「それは存じていますが、議論が百出し、まとまらない様子でしたし、それに姫様を見捨てる、という結論になりそうでしたので、臣民として見過ごせませんでした」

「それが余計だというのだ。姫様は名誉をなによりも重んじる」

「生きてこその名誉でしょう」

と言うと姫様の直臣が同意してくれた。

「そのとおりだ。姫様はこれからのエルニア王国に必要なお方、あらゆる犠牲を払ってでも救出すべきだ」

その言葉に数人の士官が同意するが、反対するものも多かった。皆、アスハム大佐の部下のようだ。

先ほどと同じように砦の防備を懸念材料に反対する。

しかしそれは『建前』であると知っていた。

アスハムはシスレイア姫を謀殺しようとしているのである。アスハムがシスレイアの兄に当たる王子を支持しているのは周知の事実であった。

だから俺は彼の助力は期待せず、シスレイアの部下たちに語りかける。

「俺ならば一〇〇の兵で奇跡を起こしてみせる」

そう言って彼らを扇動したが、アスハムは当然のように邪魔してくる。

「姫様がいない今は俺がこの旅団の責任者だ。そんなに兵は貸せない」

姫の部下は怒るがそれも計算のうちだった。


「この男に任せるかは別として姫様を救出すべきだ」

「策があるのならば聞いてみようではないか」

「俺はこの宮廷魔術師の大言壮語に乗るぜ」


それぞれの言葉であったが、少なくとも姫様の直臣と親派は味方にできたようだ。

それに俺の計算はぴたりとハマる。

アスハムともめる士官たちの間に入るように言う。

「分かった。一〇〇兵貸せとは言わない。その半分を貸してほしい」

それでもアスハムは渋るが、三〇という数を言うと渋面を作りながらも最終的には了承した。

儀礼的に頭を下げるが、内心、ほくそ笑む。

実は最初から一〇〇兵も借りられるとは思っていなかったのだ。

これは交渉術のひとつで最初に無理難題な提示をし、相手に難色を示させ、二度目の交渉で現実的な数字を提示し、妥協案を引き出す作戦なのだ。

相手の心を揺さぶる交渉術のひとつなのだが、アスハムは見事にハマってくれた。

実は俺がほしいのは一〇兵程度なのである。つまり予定の三倍の兵を借りることができた。

師団の軍事顧問、つまり軍師も真っ青な小細工である。

自画自賛すると、借り受けた兵を集め、姫様救出の作戦を披瀝した。

俺の作戦の一端を聞いた兵士たちは一様に仰天していた。

皆、太古の名軍師や大詐欺師を見るかのような目で俺を見つめていた。

†

姫様の直臣、それと親派を中心に三〇名ほど借り受けた俺は彼らを一カ所に集め、説明する。

「これから姫様を救出するため、姫様を包囲する三〇〇の兵を一時的に除去する」

自信満々の口調だったからだろうか。

誰も否定はしなかった。

ただ、詳細は聞かせてほしいと言う。

「分かっている。なんの実績もない俺だ。詳細は言わない、などと格好つけたりはしない。ちゃんと勝算を提示、納得してから特攻してもらう」

「まず、どうやって三〇〇の兵を突っ切るかだが、三〇の兵で三〇〇の兵と戦うのは無理だ」

どよめきが起こる。

話が違うじゃないか、と詰め寄る士官もいた。

「まあ、慌てるな」

と士官を引き離すと、俺は言う。

「士官ならば兵法くらい知っているだろう。一〇倍の敵にまともに立ち向かうのはアホのすることだ」

「……たしかに現実世界は物語ではないが」

「そうだ。しかし、物語はヒントにはなる。俺は『火牛の計』で血路を切りひらきたい」

「火牛ですか？」

「ああ、炎の牛を放って敵を混乱させるのさ。この砦には牛が何頭かいたな」

「はい」

「ではそいつらを集めて、残りは周辺の農家から雄牛を買い付けてきてくれ。火牛の作戦に必要なんだ」

純朴そうな青年が、「はい」とうなずき、買い出しに行ってくれた。二、三、余分に人を付けると、次にやったのは砦中の松明（たいまつ）を集めることだった。

残りの二七人はそれに奔走する。

集まった松明は五一二個、それらを見て皆が顔を見合わせている。皆、きょとんとしていた。

「いったい、レオン大尉はなにこの松明を使うのだ？」

「…………」

無視してしまったのは大尉という呼称になれていなかったからだ。一時的に軍人となった俺は大尉という階級を貰っていた。士官待遇だが、なかなかになれるものではない。そのように考察すると思考を本筋に戻す。松明の使い方を指導する。

「いいか、それを夜中、後方の山に設置しろ。敵方の斜面にな」

「もしかして無人のかがり火を焚いてこちらの数を誇張する気なのですか？」

「正解だ」

一同はうなずき合い、「すごい」と褒め称えるが、ひとりだけ反対するものがいた。

「あまりにも単純すぎるのではないか」

という主張だった。

その通りなのだが、俺は自信を持って言う。

「世の中を深く考えすぎるとかえって失敗するものさ。敵は連日の戦闘にもかかわらず、第八歩兵部隊を殲滅しかねている。なのに砦からは援軍が来ない、と不思議がっているはず」

「なるほど、敵も敵を恐れているということですね」

「そうだ。不可解な動きほど敵を混乱させることはないからな。まさか、姫様派と反姫様派がこんな小さい砦でドンパチやっているとは考えないのだろう」

愚かなことだ、とは続けず、俺は彼を説得するかのように言う。

「今はともかく、俺の作戦を信じてくれ。それにかがり火だけでなく、この作戦には二重三重の罠があるんだ」

その言葉を信じてくれたわけではない。それしか選択肢が残されていなかったのだろう。彼らは俺の作戦にしたがってくれた。


その日の夜、闇に紛れて山を登り始める三〇人の部下、皆、大きな音を出さないように軽装だった。

ひとり頭、一八個ほどのかがり火を設置すると、迅速に砦に戻り、迅速に鎧を着直す。

そしてかき集めた雄牛の角に松明をくくり付け、それに火を付ける。

次いで背中に乗せた藁の塊にも火を放つ。

耳と背中が熱くなった雄牛はその場で暴れるが、繋いでいた縄を切り放つと、前に走り始める。

熱さの中、身もだえする牛は暴れ狂いながら走る。

その姿は控えめに言って「妖魔」そのものであった。

闇夜の中からそのような化け物が飛び出してくれば、誰しもが驚くこと必定であった。

日々、夜襲に怯えている兵士にはとかく、効果てきめんであった。

火牛が敵陣に飛び込むと、悲鳴が聞こえる。取るものも取りあえず逃げ回る兵士たち。

それを見ていた俺は言い放つ。

「よし！　敵軍は恐怖に怯えているぞ。恐怖が伝播した軍隊ほどもろいものはない！」

そう言い放ち、部下を突撃させるが、その言葉は大言壮語ではなかった。

恐怖に怯えた敵兵を次々と切り捨てると、部下たちは姫様が立て籠もる塹壕の中へ入ることに成功した。

†

姫様を守護する第八歩兵部隊。

彼らは洞窟の前に塹壕を掘り、懸命に姫を守っていた。

というか、事実は逆か。

包囲された第八歩兵部隊を救出するため、姫様は側近のものだけを連れてここまでやってきたのだ。

結果、ミイラ取りがミイラになってしまったが、姫様の人望というかカリスマ性は絶大であった。

兵士たちの士気は高く、この状況下で誰ひとり絶望していなかった。

姫様が兵を鼓舞し、ともに前線で戦っているからこの士気を維持できるのだろう。

俺は兵たちに女神がごとく信仰されている女性を見る。

――シスレイア・フォン・エルニア。

国姓を持っていることからも分かるとおり、彼女はこの国の王女であった。

見目は麗しい。

宮廷の奥で座しているのが似合いそうなほど線の細い女性だが、しっかりとした意思を感じさせる瞳を持っている。

銀細工を溶かして紡ぎ上げたかのような髪はとても魅力的に見えた。

彼女と初めて出会った瞬間、嬉しそうに小説を図書館のカウンターに持ってくる姿を思い出す。

あのときの彼女も可憐だったが、戦場に立っている彼女は凜々しく、より美しく見えた。

思わずぼうっと見とれてしまうが、彼女は俺を回想の世界から引き戻す。

三〇〇の兵に囲まれたこの状況下で、援軍に駆けつけてくれた存在を無視するものはいなかった。

シスレイア姫は頭を下げ、救援に謝辞を述べる。

「戦目付のレオン・フォン・アルマーシュ大尉ですね。――命の差し入れ感謝します」

ほがらかな笑顔だった。

一瞬、ここが戦場であることを忘れそうになるほどの自然な笑顔だ。

この洞窟の兵たちが寡兵で耐え抜いている理由が分かったような気がした。

「火の牛を使い、三〇〇の兵をあざむいたと聞き及んでいます。まさしく鬼謀の持ち主。貴殿はもしかして軍師の訓練を受けたのでしょうか」

「まさか、士官学校は出ていないよ」

養父に「士官学校と魔術学校、どちらに行きたい？」と問われ、真っ先に魔術学校と答えたほどである。

「しかも魔術学校でも魔術の教科はサボって、異世界のことばかり調べていた」

「異世界のこと？」

「そうだ。――おっと、先ほどからタメ口で話してしまうな。君はなんだか親しみやすくて」

「それで結構です。あなたの上官である以上、無礼な物言いは看過できませんが、親しみはもってほしいと思っています」

「そう心がけようか。さて、話を戻すが、俺の通っていた魔術学院には名物教授がいてね。異世界のことを調べていた。彼と一緒に異世界の研究をしていたんだ」

「異世界とはここととは異なる世界。稀に転移者がやってくるあれですか？」

「そう、そのあれ。日本とかアメリカとかいう国がある、ここととは異なる世界」

異世界は本当に面白く、多種多様な国家や民族が存在した。

この世界とは違い魔法はないのに、この世界よりも発達した文明を築き上げていたのだ。

「科学」という名の「錬金術」が繁栄の礎らしいが、ともかく、異世界の「歴史」は調べれば調べるほど面白かった。

「ちなみに火牛の作戦は、異世界の日本という国の源平時代、キソヨシナカという人物が使ったことで有名なんだ。平家の大軍、一〇〇〇〇〇をこの策で打ち破った」

「まあ、すごい」

「あとは戦国時代にも多々、使われた。ホウジョウソウウンという男が用いたことで有名かな」

きょとんとする姫様。やはり日本は馴染みが薄いようだ。

「ともかく、異世界の日本という国ではポピュラーな作戦だよ」

「それを知識として持っていて、実戦で活用するのがレオン様の非凡なところです」

「たまたま上手くいっただけさ。奇略はあまり褒められたものじゃない」

「たしかに兵法の王道に反しますが、助けられた我々は感謝するしかありません」

「だな、ただ火牛の計はここに侵入するまでのわざだ。ここにやってきただけでは君は救えない」

……たしかに、とは言わない。シスレイアは悲痛な顔をしていた。

「……それなのですが、この第八歩兵部隊は崩壊寸前です。士気は高いのですが、連日の戦闘で確実に心身を消耗している。それにこの洞窟にはあと一日分しか食料がありません」

「なるほどな、冷静な分析力だ」

姫様が士気を頼りに無茶難題な作戦を実行するようなタイプではなさそうだったので、安堵すると、姫様にも安堵してもらう。

「その点は安心してくれていい。俺は虎口に飛び込んでダンスをするのが趣味ではないから」

「つまり勝算があってやってきてくれた？　ということでいいですか？」

「もちろんだ。レオン・フォン・アルマーシュは勝算のない戦いはしない」


その言葉を聞いたシスレイアは、俺の顔を見つめる。

あまりの大言壮語に呆れたのか、それとも俺の内になにかを見いだしてくれたのかは分からない。

ただ、このときの俺の言葉は、歴史書にも記載される有名な言葉となる。

レオン・フォン・アルマーシュは、まず戦略的な優位を固めて、勝てる状況を作り上げてから戦う、稀代(きたい)の名将であった。

それが後世の評価となるのだが、今、現段階で俺を評価してくれているのは、この洞窟の一部の兵と、シスレイア姫だけであった。

†

シスレイア姫は俺に全幅の信頼を置いてくれているようであった。

出会ったばかりなのに変わった娘だな、と思ったが、彼女は俺のことを覚えていてくれた。

「わたくしが信頼しているのはあなたの能力だけではありません。不利を承知でわたくしを助けてくれる義侠(ぎきょう)心(しん)だけでもないのです。わたくしがあなたを信頼するのはその優しい心根です」

俺の心根など知っているのか、と問うと彼女は言った。

「ええ、知っていますよ。司書さん」

「……顔を覚えていてくれたのか」

「ええ、もちろん、素敵な方でしたから。それにあなたが児童書や絵本を並べるとき、本棚の一番下に並べるということも知っています。子供が図書館にやってきたとき、五月蠅いと愚痴を言いながらも子供たちが転ばないように通路に荷物を置かないことも」

「………」

俺は沈黙する。気恥ずかしかったからだ。

「……ま、それはたまたまさ」

「そうでしょうか」

と微笑むが、彼女は続ける。

「あの、よろしければレオン様、わたくし専属の軍師になってくださいませんか?」

「専属の軍師?」

「そうです。このシスレイア・フォン・エルニア准将の副官兼軍師になってほしいのです」

「いきなりだな」

「恋と軍師はいきなり始まるものです」

「そのような言い伝えは聞いたことがないが、取りあえずお断りする」

「なぜですか？　その才能を救国のために使いたくないのですか？」

「そんな大それた人間じゃないよ、俺は。俺の器はせいぜい司書だ。いや、司書の仕事が好きなんだ。本の整理をしながら本のつまみ食いをする生活が」

思いのほか真剣な俺の台詞を聞いたからだろうか、彼女はそのまま沈黙すると、

「分かりました」

と言った。

「ですが、諦めたわけではありません。このいくさから帰ったら、もう一度、仕官詣でに行きます」

「――というか、無事戻れる気でいるのか？」

「レオン様ならばどのような困難も乗り越えましょう」

とシスレイアが微笑んだので、思わず苦笑いを漏らしてしまった。

俺は姫様の期待に応えるため、胸の内にあった謀略を披瀝する。

「姫様のフラグが立ちそうだが、俺はあえてそれをへし折る」

「……どういう意味でしょうか？」

シスレイアは俺の顔を覗き込む。

「姫様のような善良なお姫様が嫌う作戦をするんだよ」

「わたくしの嫌う……」

「そうだ。俺は小汚い策略家でな。生きるためならば文字通りなんでもやる」

「…………」

「俺の父親は敵側、アストリア帝国の有力貴族だったのだが、政争によって失脚した。俺と姉さんを連れて諸王同盟のひとつであるエルニア王国に亡命してきたのだが、亡命してきた日のことを今でも覚えているよ」

俺はそこで言葉を区切ると続ける。

「亡命者である俺ら親子を物乞いでも見るかのように見下す衛兵、鼠の糞が散乱する狭い部屋を貸す大家、姉を好色な目で見つめる薄気味悪い隣人」

「…………」

「そのような連中をねじ伏せ、納得させるには正攻法では駄目だった。圧倒的な力と搦め手で相手をねじ伏せなければこちらが食い物にされるだけだった」

「――以来、レオン様は勝利のために手段を選ばなくなったのですね」

「その通り。今回も一番楽に勝てる方法を使う、いや、唯一の方法だ」

「それは？」

「俺たちが先ほど守っていた砦を敵に売り渡す」

「なっ!?」

その言葉を聞いた王女はさすがに顔が青ざめる。

なにを言っているのですか、そう言いたいのだろうが、俺の発言があまりにも現実離れしているので言葉にできない。

しかし、彼女は俺の作戦を、いや、俺を拒絶することはなかった。

「わたくしは王族です。綺麗な物事ばかりを見てきました。しかし、世の中はそれだけではないことも知っている」

「多角的に物事を見ているな。今から俺が行うのは俺たちが守ってきた砦を囮にする作戦だ」

「我らの砦を――」

「ああ、俺は今からアスハムを殺す。彼を囮にする。敵軍にやつを謀殺させる」

「…………」

「君は表情に感情が出やすいね。この作戦に嫌悪感を抱いている」

その通りなのだろう、シスレイアは反論しなかった。

「しかし、俺は嫌悪感がゼロだ。もともと、小狡い作戦が大好きだからだ。それにあの砦の副司令官であるアスハムは君を謀殺しようとしている」

「わたくしを謀殺……ですか？」

「その様子じゃ気が付いていないようだな。君は他人の負の感情に鈍感すぎるな」

やれやれ、と吐息を漏らすと彼女に説明をする。

「そもそも、君をこの窮地に追い込んだのは彼だ。わざと第八歩兵部隊を窮地に陥れた上に、君が救援に向かったらその情報を敵軍に流し、包囲させたんだ」

「まさか――」

「無論、状況証拠しかないがな。しかし、君の兄上、第二王子ケーリッヒ殿下は君がいなくなれば自分の地位が安泰だと思っているんじゃないか?」

「………」

「沈黙はイエスと取るぞ」

と言うと俺は続ける。

「君は兄上の殺意に気が付いている。そしてその兄上とアスハムは昵懇の間柄だ」

ちなみにこれには証拠がある、と言う。

「この場にはないが、図書館に帰ればアスハムが注文した書籍がケーリッヒに納入された伝票がある。賄賂代わりの稀覯本を贈ったんだ。金貨一〇〇枚くらいの価値があるものだ」

「金貨一〇〇枚の稀覯本とわたくしの首が将軍位の見返りでしょうか?」

「だろうな、このいくさで『無事』君が戦死すれば、准将の位は約束され、王都でいい役職に就けるだろう」

「………」

その言葉を聞いてもシスレイアは納得しがたいものがあるようだが、俺の言葉を信じてはいる。

しかし、それでも『謀殺』に対し、『謀殺』で対抗するのは納得がいかないようだ。これは彼女の知性の問題ではなく、性格の問題であった。

　このままでは永遠に平行線をたどりそうだったので、断言する。

「俺にはこの塹壕にいる将兵の命を守る使命がある。そして本と一緒に飴玉をくれる王女様を守る義務も」

　と言うと、彼女を強引に納得させ、作戦を披瀝する。


「いいか、まずはこの部隊のひとりを敵軍に投降させる」

「敵軍にですか？」

「そうだ。無論、意味なくではない。敵軍に情報を教えてやるんだ。砦へと続く抜け道の存在を」

「抜け道があるのですか？」

「あるよ。アスハムの野郎が君を陥れるために作っていた抜け道がね。やつは君の救援が成功したら、その抜け道から敵を招待し、君を殺させるつもりだったのだろう」

「……そんな」

「これで少しは罪悪感が取り除かれただろう。アスハムは君が情けを掛ける価値もない、と」

「しかし、将兵は」

「兵はともかく、将はやつの手下さ。——兵士に関しては最小限の被害に抑える。だからこの作戦を許可してくれ」

「抜け道を逆用し、アスハム大佐を謀殺させるのですね」

「ああ、俺は、さらにもうひとつ、抜け道を知っている。こちらはこの塹壕にいる部隊を移動させるのに使う」

「もうひとつ、抜け道があるのですか?」

「ああ、こっちは俺が見つけたほうだがね。万が一のとき、君を脱出させるつもりだった」

「つまり、レオン様は赴任されたときから、アスハムの裏切りを感知されていたのですか」

「無駄になれば良かったけどね」

言い訳じみていたが、抗弁する。古来より不吉な予言者は嫌われるものだが、シスレイアは気にする様子もなく、「さすがはレオン様です」と言った。

俺はさっそく、信頼できる部下を選び、敵に投降させる。

敵将の前に引き出されたら抜け道をしゃべるように言い聞かせる。

敵の司令官がアホでなければ、抜け道を使って砦を落とそうとするだろう。

エルニア王国の王女の身柄も魅力的ではあるが、この砦の戦略的な価値は敵軍にとって相当なものであるはずだ。

そのように計算していると、敵将は案の定、こちらの手のひらで踊ってくれる。

三〇〇いた兵を六〇兵だけ残し、撤退を始めたのだ。

無論、二四〇の兵の行き先は抜け道である。砦の後方に回り込める道に向かっていた。

それを見た俺はにやりと口元を緩め、部下に指示をした。

「今こそ、反撃の機会だ。この数日、耐え抜くことのできた諸君だ。倍程度の敵軍ならば余裕で蹴散らせるだろう」

と言うと塹壕に残った第八歩兵部隊と姫様の部下たちは「おお！」と拳を振り上げた。

「この程度の数ならば俺たちだけで蹴散らせる！」

と言うと剣や弓を取り、雄叫(おたけ)びを上げる。

その勇壮な姿を確認した俺は、満足すると魔術学院で師にもらった杖(つえ)を手に取る。

その姿を見たシスレイアは、「まさか」と言う。

「レオン様、前線に出られるつもりですか？」

「出られるつもりだよ」

と言うとシスレイアは必死で止める。

「駄目です。レオン様はこの国の司令塔となるお方、人体で言えば『脳』なのです。万が一のことでもあれば困ります」

「なるほど、一理ある。そもそも兵法に乗っ取れば指揮官が前線に出るほど愚かなことはないからな」

そう返答するが、俺は自分の決意を変えることはない。

シスレイアには言葉ではなく、行動で納得してもらう。

俺は前線に出ると、古代魔法言語を詠唱する。流暢（りゅうちょう）な言葉で二、三節口ずさむと、杖の先に巨大な《火球》を発生させる。

「たったの二小節で呪文を!?　しかもファイアストームですか!?」

俺の魔法に心底驚いていているシスレイア。

「違うよ、これはファイアボールだ。しかし、術者の練度によって下級魔法のファイアボールも上級魔法のファイアストームをしのぐことがある!!」

と言うと俺は巨大な火の玉を投げ放った。

その一撃によって敵軍の数人が炎に包まれ、複数人が爆風で吹き飛ぶ。

それを唖然（あぜん）として見ていたシスレイアは、ぽつりとつぶやく。

「……賢者様のよう」

俺はにやりと笑うと首を横に振る。

「――そんな大それたもんじゃないよ。ただの宮廷魔術師 兼 図書館司書だ」

そう言い放ったが、シスレイアはなかなか信じてくれなかった。

†

景気よく放った俺のファイアボール、それで幾人かの兵士を焦がすと、動揺した敵軍に第八歩兵部隊が突撃する。

元から第八歩兵部隊の連中は勇猛果敢であったが、姫様が陣頭に立って指揮をすると、皆、命を惜しまずに働いた。

「祖国エルニアのために！　姫様のために！」

その姿を見てシスレイア姫のカリスマ性を改めて確認したが、俺が気にしていたのはこの戦場ではなかった。

さらに奥にある砦での戦況が気になった。

アストリア帝国の連中が急襲している砦が今どうなっているか、斥候に確かめさせる。

「敵軍は抜け道を使い、後方に回り込み、手薄な門扉を破壊し、砦内に侵入しました」

アスハム大佐率いる砦の部隊は大混乱です、と続く。

それは想定内だったので、俺は第八歩兵部隊を押さえ込んでいた部隊の壊滅を確認すると、もうひとつの抜け道に向かう。

こちらは砦近くの岩山にある抜け道だった。――いや、隠し道か。

この砦の設計者が逃亡用に作ったものだが、時間経過で忘れ去られた。俺は砦の設計図を調べてこの抜け道を真っ先に見つけた。

いつか利用できるかも、と誰にも話さずにいたが、すぐに活用できるとは思っていなかった。

「ここに入れば砦の中に直接行ける。敵軍の裏をかけるはずだ」

そう言うと第八歩兵部隊の仕官が、

「素晴らしい。よくぞ、このような策を」

と感心してくれた。

「感心するのは勝ってからでいいよ」

と返すと、俺たちは砦の内部へ向かった。


砦は想像通り、大混乱だった。

まさか手薄な裏手を攻められるとは思っていなかった砦の城兵は動揺し、まともに戦えないでいる。

次々と討ち取られる城兵。哀れに思ったが、こいつらはシスレイア姫を敵に売ろうとしていたのだ。同情に値しない。

城兵もシスレイア姫を「淫売」だの「一戦相手してもらいたい」だの公然とつぶやいていた下品な兵が多いので自業自得であるが、それでも「敵のターン」はこの辺までにしておきたかった。

砦内に侵入した俺たちは、なかば勝利に浮かれている敵軍を後背から襲った。

まさか場内で奇襲されるとは思っていなかったアストリア帝国の連中は、慌てふためく。

「な、井戸から敵軍が湧き出た」

と狼狽を始める。

元々、士気は高くない上に、勝ちに浮かれている兵ほど弱いものはない。勝ち戦では皆、死にたくないものだ。

戦線はあっという間に崩れ、隊列を崩しながら、敵は立ち去っていく。

その間、第八歩兵部隊の連中には、敵陣を蹂躙するが、深追いはするな、と伝えてある。

今回の作戦の目的は、敵軍を壊滅することではなく、追い払うことなのだ。

――それともうひとつ、アスハムという姫様に仇なす奸臣を除去することであった。

なので俺は混乱する城兵、撤退を始める敵軍を完全に無視し、砦の奥に入る。

そこには混乱を極め、逃亡しようとしているアスハムがいた。

彼は砦にある金塊を鞄に詰め込んでいる。

火事場泥棒であり、横領である。ふたつの罪を掛け合わせれば即座に斬首の判決が下される。

なので俺はわずかばかりの良心の呵責もなく言った。

「これはこれは、アスハム大佐、お忙しいようですな」

その皮肉を聞いてアスハムはびくりと肩を震わせるが、俺の顔を見ると安堵した。

「な、なんだ、貴殿か。というか、貴殿がここにいるということは姫様の救出に成功したのか?」

「ええ、幸いなことに」

あなたが囮になってくれた、とはさすがに言わなかったが。

「良かった。敵軍は立ち去ったのか？」

「シスレイア姫率いる第八歩兵部隊が奮闘してくれました」

「おお、さすがは姫様だ。さっそくお礼を言上しようか」

と俺に背を見せるが、俺はその背中に語りかける。

「お待ちを。お礼を言いに行くのならば、腰の剣をここにおいていってもらいたい」

「……どういうことだ」

振り返ると、じろり、と俺を睨（にら）み付けるアスハム。

「そのままの意味です」

「大佐である俺は将官の前でも帯剣が許されるのだぞ」

「将官の前ではね。でも、姫様の前では駄目だ。ましてや貴殿は姫様に殺意を持っているだろう」

と言うと俺は右手に持つ杖に魔力を注ぐ。

アスハムはそれに気が付かず、なにを言うか、と近づいてくる。

俺は平然とその場にたたずむ。

にこにこしながら近づいてくるアスハム、彼は俺の数メートル前までその牙を隠して歩み寄ると、そのまま剣を抜き放ち、俺を斬り付ける。

俺は真っ二つに斬られる。

――ただし、それは残像であるが。

事前に《残像》の魔法を唱えていたのである。

手応えがなかったアスハムは、すぐに気が付き、第二撃を放とうとするが、それは許さない。

俺は床に落ちていたショートソードを無造作に拾い上げると、最短の軌道で突き刺した。アスハムの腹に。

「……ぐ、ぐは……」

吐血するアスハム。彼は言う。

「き、貴様、上官を殺すのか」

「ああ、殺すさ。姫様に仇なすものは死んでもらう」

「……ば、馬鹿な。あの小娘のどこにそんな価値がある」

「お前のようなゲスには分からないだろうな」

俺は本を選ぶときの姫様の顔が好きだった。

本を返すときの彼女の顔も。

図書館で書き物をする彼女の姿も。

図書館で書き記す彼女のノートも。

そのノートに書かれた「世界中の民を幸せにする方法」とやらも好きだった。

だから彼女の命を救ったのだ。アスハムを殺したのだ。

ただそれを説明することはなかった。

床に崩れ落ち、大量の血液をまき散らすアスハムを冷徹に見下ろすと、そのまま砦の広場に向かった。

そこで見たのはいくさの指揮を終えた姫様の姿だった。

彼女は傷付いた兵士を敵味方関係なく、治療していた。

先日、シスレイアのことを「売春婦の娘」と呼んでいたアスハムの部下にも包帯を巻いていた。

先ほどシスレイアを殺そうとしていたアストリア帝国の捕虜も治療していた。

その姿はまるで宗教画の聖女のようであった。

そんな聖女様は俺を見つけると、にこりと微笑んでくれた。

「お疲れ様です」

と、ねぎらいの声を掛けてくれた。

俺は彼女の瞳をまっすぐに見ることができない。先ほど、人を殺したばかりだからだ。

アスハムを殺したことに良心の呵責を感じてはいないが、それでもこのような清らかな女性の瞳をまともに見つめられるほど、小綺麗な身体（からだ）ではなかった。

ただ、それでも姫様の瞳を見ていると、胸の奥がほんのり温かくなるような気がした——。

第二章　貧民窟の姫君

†

俺は三〇の兵で三〇〇の兵を打ち破るという戦功を上げた。

姫様を救い出すという大功も。

ひとつの功績で一階級昇進だとすれば、中佐になってもおかしくないのだが、出世することはなかった。

姫様に念を押したからである。

「今回の作戦はすべて姫様の功績としてください。戦目付レオン・フォン・アルマーシュはなにもしていません」

無論、姫様は反対する。

「しかし、今回の功績はすべてレオン様のもの。その実力と知謀を軍上層部に伝えて、然(しか)るべき立場になってもらいたいのです」

「そうなれば俺は出世ですな」

「そうです」

「いや、それは駄目だ。俺の人生の目的は宮廷図書館の一司書として人生を終えること。軍で出世することではない」

「先ほども言いましたが、レオン様ほどの賢才が世に出ないのはおかしいです。なにとぞ、わたくしの下で働き、その知謀と武勇をお貸しください」

「有り難いお言葉ですが、それはできかねます」

俺は深々と頭を下げると、重ねて戦功のことは上層部に報告しないよう釘を刺した。


さて、このような経緯があったから、その後、戦場から帰還すると、昇進の辞令がもたらされることもなく、無事、図書館勤務に戻された。

上司は開口一番に、「また給料泥棒が戻ってきた」と溜め息をついたが、それは最高の褒め言葉だった。

俺は戦争などという非生産的なことをするよりも、本に囲まれた生活がしたいのだ。

多くの文豪が残した名著を読みたかったし、偉大な魔術師が残した異世界の研究論文も読みたかった。

もしも戦場に出ればそれが読めなくなる可能性もあるのだ。ならば軍人になるなど、愚かしいことであった。

俺は自分の魔術師としての実力、軍師としての実力が、最高であることを知っていたが、だからといって過信していなかったのだ。

どんな偉大な魔術師も不死ではいられない。最高の軍師も失敗を犯すこともある。

自分の実力を過大評価しない。

だからこそ今までに死ぬことはなかった。

だからこそ亡命後の地獄のような子供時代も生き残ることができたのだ。

そのように改めて自分のことを再確認すると、今日も埃(ほこり)の舞う図書館で本をめくっていた。

カウンター業務をろくにこなさず、好みの作家の新刊を読みふけっていると、メイド服姿の女性がやってきた。

赤髪を持った人形のような女性である。

無表情で、感情が表に出ない動作をする。

——一言でいえば人形。

そのような印象を抱いた。

彼女はこくりと頭を下げると、一〇冊ほど本をカウンターに置く。

「——同時貸し出し数はお一人様三冊になっています」

事務的な会話をするが、彼女は軽く微笑(ほほえ)みながら言う。

「存じておりますが、この本は借りにきたのではありません。レオン様に見せにきただけでございます」

「司書をからかうのは感心しないな」

「まさか、そのような意図は。ですが、司書さんの知識を借りたく思っています」

と言うと彼女は目の前に置かれた本を披露する。

「ここに十種の本があります。皆、小説です」

「それは見れば分かる」

「この小説の題材は分かりますか？　すべてに共通点があるのですが」

俺はちらっと表紙を眺める。

すべて一度は目を通したことがあるものだ。

ひとつはエルハンスという作家のもので、姫に恋に落ちた騎士が竜を殺す話。

もうひとつは姫と王子が恋に落ちて駆け落ちをする話。

もう一冊は庶民と姫様の身分違いの恋愛ものだった。

さらに言えばすべて「お姫様」が出てくる小説だ。

そのことを指摘すると、メイドは「まあ」と驚く。

「さすがはレオン様です。一瞬で気が付かれましたか」

「こんだけこれ見よがしだとな」

「ならば私がシスレイア様のメイドであることもご承知でしょうか？」

「この前、姫様がきたとき、ちらっと見たよ」

「ご存じということですね。ならばこれらの本に隠されたメッセージにも気が付かれていますか？」

「…………」

俺は吐息を漏らしながら、無造作に置かれた小説を並び替える。

そして小説のタイトルの頭文字を順番に読み上げる。

「ご、しょ、う、た、い、し、ま、す」

そう言うとメイドは「さすがですわ」と言った。

「なにに招待するかまでは分からんがな」

「ご招待するのはおひいさまの主催する食事会です」

「なるほど、それは光栄だな」

「来て頂けるという意味ですか？」

「ドレスコードがなければね」

と自分の服の袖を摘まむ。それは〝ほぼ〟一張羅の魔術師のローブだった。

「おひいさまは服装など気にされません」

「それは助かる」

「それでは本日、仕事が終ったらすぐに来て頂けますでしょうか？」

「いいよ。住所は？」

「王都の目抜き通り、蒼の噴水前にあるアルソニア商会の建物の隣です」

「姫様は王宮に住んでいるわけではないのか？」

「姫様は軍人です。一人前の王族として扱われています。そのため館を持っているのです」

「それは建前で王宮から追い出されたのでは？」

「ご存じでしたか」

「有名な話だからな。――まあいい。あそこにある建物ならばさぞ立派だろう。一度、中に入ってみたいと思っていた」

そう言うと俺はメイドに本を元あった場所に戻すように命令した。

メイドは七冊だけ棚に戻すと、三冊、カウンターに持ってきた。

どうやら借りるつもりらしい。

ちなみに彼女が残したのは、姫様に忠実なメイドがいる作品ばかりだった。

これまた分かりやすいメイドだな、そう思いながら、貸し出しの書類にサインをした。

†

定時ぴったりに席を立つと当然のように上司に小言を言われる。

「君は日中サボっていた癖に定時で帰るつもりかね」

「心苦しいです。適当に残業して残業代を稼ぎたいところですが」

と返すと上司は心底呆れながらもそれ以上はなにも言わなかった。

すでに俺はこの職場で地歩を固めており、定時で帰ることが当たり前になっているからだ。

「給料泥棒のレオン」というあだ名は伊達ではなかった。

俺は同僚の視線も意に介すことなく、王都の大通りへと向かう。

王都の大通り、目抜き通りは商業の中心地だが、百貨店や高級店が主なので、一度も訪れたことがなかった。

亡命してからのアルマーシュ家は常に貧乏だったのである。

しかし、俺はそれでも元貴族、落ちぶれても元上流階級なので、気にすることなく、シスレイア家の門を叩く。ドアノッカーを叩くと、執事服の男が出迎えてくれる。

彼は俺のことを足下から頭頂までさっと覗き見た。即座に不審者だと理解したようだが、通してくれた。

メイドから「風体の冴えない魔術師」がくると聞いていたのだろう。丁寧に案内してくれる。

この館は王都の目抜き通りにあるが、この辺は高級住宅が密集しているため、広くはない。

広い屋敷を構えたいものは、ここではなく、王都の郊外に屋敷を構えるのだ。

というわけで想像したよりも狭いが、それでも立派な造りをしていた。

壁は大理石だし、至る所にある調度品は明らかに高級品であった。

途中、それらの芸術品で目を癒やしながら、食堂まで案内されると、そこではすでにパーティーが始まっていた。

綺麗に着飾った幾人もの男女がいる。立食形式のパーティーで、グラスを片手に話している。

皆、貴族か商人なのだろう。貴人独特の風貌をしているか、とても裕福そうだった。

というか、食事会はふたりきりではないのか、と溜め息を漏らすと、先ほど俺の職場にやってきたメイドが現れる。

「レオン様、本日はよくお越しくださいました」

「お招きにあずかったよ。――ええと」

「そういえばまだ名乗っていませんでした」

不躾で申し訳ありません、と頭を下げると、メイドは言った。

「わたくしの名前はクロエです。ただのクロエです。平民ですから」

「なるほど、いい名前だ。それに可愛らしい」

「お褒めにあずかり光栄ですが、その言葉は主に」

「そうしたいところだが、彼女は人気者だから」

とシスレイアを見ると、複数の人々に囲まれていた。男女問わず人気なのだろう。

「たしかにおひいさまは人気者ですが、本日の主賓はレオン様にございます」

「俺がねえ。どう見ても貴族と商人の懇談会に見えるけど」

「これはレオン様に貴族の現実を見てもらうための余興だそうです」

「余興というと？」

「例えばですが、あの方を見てください」

と言うとメイドのクロエは指をさす。

「あそこにいるふくよかな商人の方です」

「デブのヒヒ親父(おやじ)か」

「…………」

クロエは沈黙をもって肯定すると、続けた。

「あの方は愛人をダース単位で囲っています。性的な奴隷も多数所有している。しかし、それに飽き足らずおひいさまを狙っています」

「お盛んだね」

「いつかペンチで一物をねじきってやりたいですが、それでもこの国の有力商人。味方にしたいのでこのような席には呼ぶようにしています」

「大変だ」

「大変です」

即答するとクロエは続ける。

「あそこにいる軍服の男性は女性にはたんぱくですが、その代わりお金に汚いです。軍の金を横領し、私腹を肥やしています」

「軍人の薄給じゃ宝石は買えないしな」

極楽鳥のように宝石で飾り立てる軍人の妻を見る。

さらにクロエは会場の人々を紹介するが、八割くらいは俗物の中の俗物で、物語に出てきそうな小悪党ばかりだった。

こいつらを税金で養っていると思うと、腹が立つ。ここは下水処理場かなにかなのか？　と素直な感想を言うとクロエは苦笑いを浮かべた。首肯したそうだが、彼女は希望もある、と言う。次いで会場の奥にいる一際立派な軍服を着た偉丈夫を指差す。

「あそこにいるのはエルニア陸軍のジグラッド中将です。彼は軍部の良心と呼ばれている良識派で国民の人気もあります。表だって支援してくれているわけではありませんが、おひいさまの善き理解者です」

「ジグラッド中将の噂は知っている。大した人物だ。下水処理場の中で見つけた一粒のコーンかな」

際どいたとえを言うとクロエはたしかにと同意してくれた。ただそれでもこの会場からは腐臭のほうが目立った。

「これがおひいさまの見せたい光景です」

「十分堪能できたよ。明日から給料明細を見るのが厭になりそうなくらい」

「それならば効果てきめんですし、おひいさまの意図通りです」

「それで君のおひいさまは俺にこの光景を見せてどうするのだ？」

と言うと壁際のテーブルにあるクラッカーのキャビア添えを口の中に入れる。キャビアなど子供のとき以来だが、なかなか美味(うま)かった。

キャビア・クラッカーをもぐもぐ、ぷちぷちと嚥下(えんげ)し終えると、俺の疑問に答えてくれるものが現れる。

シスレイアその人である。

やっと招待客から解放されたようだ。

彼女は少し疲れた表情で言う。

「お久しぶりでございます。レオン様」

「久しぶりだね、姫様」

「はい、本当はもっと早くコンタクトを取りたかったのですが、色々とやることがありまして」

面倒な上にあまり役に立たなそうな会場の連中を眺めると、「大変そうだ」と同情する。

彼女は苦笑いを漏らすと、俺の手を引く。

「ここはダンスパーティーの会場ではないようだけど」

「ですね。でも、レオン様がお望みならば音楽なしで踊ってもいいですよ」

「……やめておこう。目立ちたくない」

「美男子ですから注目されてしまいますね」

「そうじゃないよ。踊りが下手なんだ。君の足を踏みたくない」

気にされなくてもいいですよ、と笑いながらシスレイアは食堂から出ようとする。

「客人を残してどこへ？」

「レオン様に見てもらいたい光景がある場所へ」

シスレイアはそそくさと館の外へ出る。そこには馬車が用意されていた。

「手際がいいな」

「時間は有限ですから」

と言うとそのまま馬車へ乗り込み、俺たちはとある場所へ向かった。

†

俺と姫様とメイドは、馬車に三〇分ほど揺られた。

華やかな大通りを進むと、どんどんさびれた光景が広がっていく。

レオンはこの馬車がどこに向かっているか、なんとなく分かった。

「スラム街に行く気なのか」

「さすがはレオン様です。気が付かれましたか」

「この先はスラム街しかないしね」

「ではわたくしがなぜ、そこに連れて行くかは分かりますか？」

「分からない」

「天才軍師様にも分からないことがあるのですね」

「なんでも知っているわけじゃないさ」

と言うと馬車は完全にスラム街に入る。

街灯もなくなり、頼りになるのは馬車に備え付けられたランタンだけだった。

あとはスラム街の住居から漏れ出るわずかばかりのオレンジ色の光だけが目印となる。

そうなると馬車を走らせることはできない。そもそもスラム街の道は狭く、馬車を進ませることは不可能であった。

駅者もそれを知っているからか、適当なスペースを見つけると、俺たちを降ろす。

「……おひいさま方、一刻後に戻ってきますが、気をつけられよ」

老いた駅者は心底心配そうに馬車を反転させた。

心配するのも、馬車を移動させるのも当然だ。スラム街の治安を考えれば馬車を停め置くなど自殺行為である。

そのように評すと、俺は改めて姫様に話しかけた。

「姫様、今さらだが、その格好で出歩くのは不味いのではないか?」

「この格好?」

「パーティー用のドレスでスラム街を歩くなんて誘拐してくれと言っているようなものだ」

そう心配すると、「ご安心ください」とメイドのクロエが言う。

「スラム街の南部ではおひいさまは顔が利くのです」

「ほお」

「逆に市井の娘の格好をするほうが危険かもしれません」

「なるほどね」

ならば馬車もそのまま停め置けばいいのに、と言おうとしたがやめた。

周囲に気配を感じたからだ。

物陰から複数の男が出てくる。

皆、ダガーか棍棒(こんぼう)で武装している。

それを見て吐息を漏らす。

「俺の耳が遠くなってなければ姫様はスラム街の住人に気に入られているという話じゃ？」

「……まあ、その徳があまねく知られているわけではないようですね」

と言うとメイドのクロエは一歩前に出る。

こんなか細いメイドになにができる、と思い留(とど)まらせようとしたが、シスレイアがそれを止める。

「レオン様、お待ちください。クロエはああ見えて武芸の達人なのです」

信じられない、という表情をしていると、クロエは行動で自分の実力を示す。

「こう見えても私は結構強いのです。戦闘タイプのメイドなのです」

と言うと懐から懐中時計を取り出す。

その時計をぱかりと開き、文字盤を確認する。

「もうじき二〇時〇三分ですね。時計の秒針が一二を指したら攻撃を始めます。三分、いえ、二分で決着をつけます」

と宣言するが、その言葉を聞いた悪漢どもは怒り狂う。

「なめた口ききやがって。金目の物を奪うだけで許してやろうと思ったが、素っ裸にしてひいひい言わせてやる」

その言葉を聞いたクロエは、

「……下種」

と一言だけ言うと、行動を開始する。秒針が一二を指したのだ。

すると彼女の身体は消えた。残像を残しながら相手の懐に入る。

悪漢どもは「へ……?」という顔をする。

クロエは表情ひとつ変えることなく、左手に魔力を込める。彼女の左手の甲の紋様が光り輝く。

次いで懐中時計は魔力を帯び、蒼白く光る。彼女はそれを振り回し、正確に敵の棍棒を狙う。樫の木で作られた棍棒は懐中時計によって砕かれる。

それを見て俺はつぶやく。

「あれは魔法の武器なのか」

こくりとうなずくシスレイア。

「クロエはメイドとしてだけではなく、戦士としても一流です。彼らを傷つけずに撃退できるでしょう」

クロエはそれを証明するかのように悪漢の武器を破壊していく。棍棒はもちろん、金属製のダガーも次々と破壊する。

その間、一分も掛からなかった。

たった、一分で武器を破壊された悪漢だが、まだ戦意は旺盛だった。いや、実力差が分かっていないともいえる。痛みを与えずに制圧しようとしたのが間違いだったのかもしれない。

武器を失った悪漢どもは拳を頼りに殴り掛かってくる。

大ぶりの拳が飛んでくるが、クロエはそれをしゃがんでかわすと、そのまま足払いを決める。

倒れる悪漢。そいつの顔に拳をめり込ませる。わずかの躊躇（ちゅうちょ）もなく、鼻っ柱に行く。

彼女は格闘家としての能力も一流らしい。

次々と悪漢を倒していくが、三人目を気絶させると、さすがに戦意を喪失させたようだ。逃げだそうとする。

しかし、それでもすべての悪漢が逃げるわけではなく、数人、果敢にも挑んでくる。ゴミ箱にあったビール瓶を武器にし、殴り掛かってきたが、それを止める人物が現れる。

スラム街の奥から現れた人物、野太い声をした盗賊のような男は、まさに盗賊だった。

スラム街に根を張る盗賊ギルドの長だそうだ。

スラム街南部の顔役であるそうだが、そのような人物がやめろと言えばそこの住人は従うしかない。

盗賊ギルドの長は言う。

「……おまえら、新顔だな」

「は、はい」

借りてきた猫のように大人しくなった悪漢は答える。やはり盗賊ギルドの長は恐ろしいようだ。

「ならばここの決まりを知らないようだな。聖女様のご友人であるシスレイア様を傷つけたものは、ここじゃ生きていられないんだ」

「え、この方々は聖女様のご友人なのですか?」

「そうだ。スラム街の聖女様のご友人だよ。我らに気遣ってくださる唯一の貴族、唯一の王族だ」

「お、王族!?」

その言葉を聞いて悪漢たちは顔を青ざめさせ、土下座をする。

「そのような身分の方とは露知らず、申し訳ありませんでした」

平身低頭、文字通り地面に顔をこすりつける悪漢たち。

盗賊ギルドの長は、彼らの指を切り落とすことで話を付けようとするが、シスレイアは当然のごとく拒む。

「詫(わ)びは不要です。なにごとも起きなかったのですから」

「ですが、それでは示しが」

「彼らは新参者。政情が不安定な国境線からやってきた難民なのではないですか？」

「……よく、ご存じで」

「想像です。しかし当たっていましたね。ならば家族を亡くしたもの、財産を無くしたものばかりのはず。気が立っていても仕方ありません」

というとシスレイアは懐に忍ばせていた小瓶を取り出す。

「気付け代わりの回復ポーションです。自衛のためとはいえ、殴りつけてすみませんでした。――それとこれは少ないですが、生活の足しに」

と言うとシスレイアは自分の髪留めを取ると、それを悪漢に渡す。

その姿を呆然(ぼうぜん)と見つめる悪漢たち。

戸惑っているようだ。先ほど酷(ひど)いことをしようとした自分たちに、数分前まで命のやりとりをしていた敵に慈悲をかけるなど、信じられないようだ。

しかし、これは現実、シスレイアの高潔なまでの慈悲を目の前にし、彼らは涙する。自分の愚かさを悟る。

皆、涙を流し、平伏をやめなかった。

その後、幾通りの感謝の念、それと更生の言葉をもらうと、盗賊ギルドの長の言葉もあり、彼らは家路に就く。

レオンはその姿を後ろから見送ると、姫様を眺めながら、

「相変わらずすごいな、お姫様は」

と言った。

太古の聖女を思わせる慈愛であるが、姫様は反論する。

「わたくしは聖女などではありません。これから会いに行く方こそ聖女です」

「スラムの聖女様か。そいつに俺を会わせたいのか？」

「そうです。正確には見てもらいたい光景があります」

「分かった。案内してくれ」

と言うと一同は歩き出すが、メイドのクロエが横に並ぶとぼそりとつぶやく。

「……ありがとうございます。レオン様」

「なんだ？　急に」

「急にではありません。レオン様は私を援護してくださいました」

「なんのことだ？」

すっとぼけると、彼女は地面に落ちていたダガーを手に取る。

「レオン様は密か(ひそ)に援護してくださいました。魔法の武器を持つものには《指弾》の魔法で武器を破壊し、強敵には《弱体化(デバフ)》の魔法を使ってくださいました」

「なんだ、ばれてたのか」

「おひいさまは気が付いていないようですね。ですが私も一廉の戦士、さすがに気が付きます」

「余計なことだったかもな。——でも、君が無事で良かった」

その言葉を聞いたメイドのクロエはわずかに微笑みながら言う。

「……やはりレオン様はこの世界を救う『天秤の魔術師』様だと思います」

その声は可聴範囲ぎりぎりだったので、俺の耳に届くことはなかった。

†

スラム街の最深部、そこにさびれた教会があった。

煤で真っ黒に汚れ、割れた窓がテープで補強されているような教会だった。

教会の前には簡易的な竈が設置されており、そこには大鍋があった。

「あれは？」

と尋ねると、シスレイアが答えてくれる。

「あれは炊き出しですね。スラムの聖女様が毎日のように行っています」

「慈悲深いな。予算は姫様が出しているのか？」

「まさか」

首を振るシスレイア。

「あの炊き出しがすごいのは貧者の寄付によってまかなわれているところです」

「貧者の寄付……」

「そうです。あの炊き出しはスラムの聖女様が自分の食事を他者に与えることから始まりました。とあるスラムの住人が娘が病気で困っていると食べ物を求めてやってきたのですが、食べるものがなかった聖女様は自分の分の食事を渡したのです。──一週間も」

「一週間もなにも食べなかったのか、体を壊すぞ」

「ですね。事実、聖女様は体を壊してしまいました。枯れ木のように痩せ細りました。食事を分け与えられたものはそれを見て激しく後悔しました。なぜならば彼は本当は食事に困ってなどいなかったのです。スラム街でもそれなりに裕福な家のものだったのです」

「…………」

「しかし、聖女様はそのことを知ってもこう言うだけでした。『病気の娘さんがいなくて本当に良かった』と。そう、彼女は嘘をついた青年を批難することなく、不幸な娘さんが存在しないことを心の底から喜んだのです」

「……まさに聖女だな。いや、神そのものなんじゃないか」

俺には真似できないな、そう口にした。

「当然です。そのようなこと誰にでも真似できるものではありません。しかし、真似したいとは思えるはず。だからわたくしは彼女を師と仰いでいるのです」

　シスレイアは、こくり、炊き出しを見ながらうなずく。

「それはこのスラムの人々も同じ。皆、明日の食事にも事欠いているのに、進んで寄付をします。自分が一本、人参を食べるのを我慢し、隣人に渡します。そうやって集まった食べ物で食事を作るとあら不思議、皆に食事が行き渡るのです」

「大量に作れば、材料の無駄な部分がなくなるからな」

「正解です。さらに一気に調理することで燃料代も浮かせることができます」

「それがこの炊き出しの秘訣か」

「そうです。わたくしも定期的に市場で安く仕入れた食材を持ってきます。炊き出しの手伝いもします」

「これが君が見せたかった『光景』か」

　そう尋ねると彼女はうなずく。

「その通りです。ここは正反対の光景、わたくしの館のパーティーを見せたのもそのためです」

「たしかに真逆だな。天国と地獄だ」

「一見そうかもしれませんが、わたくしにはここが『天国』に見えます。あのパーティーにいたのは他人を思いやる気持ちがない人ばかり、しかしここは逆です。貧しいなかでも他人を思いやり、慈しんでいます」

「たしかにその通りだ」

「わたくしはこの光景を王都全体に、いえ、エルニア王国全体に、できれば世界中に広げたいと思っています」

「それは不可能だ」

「ですね。わたくしもそう思っていました。――〝軍師〟であるあなたと出逢う前ならば、ですが」

「…………」

沈黙する。自分がそのように大それた人間ではないと思っていたからだ。

だが、シスレイア姫は違うようだ。俺がこの世界を救う人物だと思っているようだ。

「あなたの知識、智恵、勇気は必ずこの世界を救います。苦しむ人々の光明となるはず」

「無理だな」

「なぜですか？」

「俺は亡命貴族の息子だ。どのように頑張ってもこの国、ひとつ変えられない。亡命者が将軍になったり、大臣になったりしたのは、数十年遡るだろう」

「ならば数十年前に前例があるのではないですか」

「前向きな姫様だ」

「亡命者の子というのは別にして、俺は天性の怠け者だ」

「怠け者、大いに結構です。効率的に世直ししていただけそうです」

「図書館の司書が好きなんだ。軍師になったら本は読めない」

「当面は宮廷魔術師 兼 図書館の司書 兼 軍師で。もしもわたくしが女王になったら、レオン様専用の図書館を作って差し上げます」

「ああ言えばこう言うね、君は」

「性分です」

「ならばぶっちゃけるが、俺に軍師になるメリットはない。俺は今の状況に満足しているからだ」

俺は彼女を諦めさせるため、露悪的な態度で、続ける。

彼女に嫌われようと、そのしなやかな胸を指さし言う。

「それとも君が俺に『対価』をくれるなら話は別だが」

その下卑た提案に、王女はわずかばかりも怯(ひる)むことはなかった。

——数瞬、深刻な顔をすると、俺の手を引く。

教会の関係者に断りを入れると、教会の中に入る。そこの告解室に入ると、鍵を閉める。

そしてなにも言わずにするすると服を脱ぎ始めた。

数秒で一糸まとわぬ姿になるシスレイア。

あまりにも現実離れした光景に俺は目を奪われる。

シスレイアの美しい肢体にも。

俺は彼女の身体から目を背けながら言う。

「……服を着ろ、姫様」

「なぜですか？　わたくしがほしいのではありませんか？」

「……あれは冗談だ」

「冗談でも戯れでもいいです。その代わりこっちを向いてください」

「それは無理だ」

そう言うとシスレイアは強引に俺の顔を摑み、裸身を見せる。

それは彼女が淫らな女だからではない。その逆だったからだ。

彼女は俺を信頼させるためにその裸身を見せているのだ。

見ればそこには古傷のようなものがあった。

なにかで斬られたような痕があった。

「……これは？」

「これは幼き頃、暗殺者に襲われたときの傷です。母親とともに王都の下町に住んでいたとき、暗殺者に襲われたのです」

「君は王宮生まれじゃないのか」

こくりとうなずく王女。

「わたくしは父王がとある端女に産ませた子です。王妃の嫉妬から守るため、下町に住まわせていました。しかし、わたくしの存在を嗅ぎつけた王妃が暗殺者を寄越したのです」

「…………」

「そのとき、母は凶刃に倒れました。わたくしは怪我だけで済みましたが。以来、わたくしはこの傷を誇りに生きてきました。母親に命懸けで守ってもらった証として大切にしてきました」

これを見せる異性は初めてです、と言うと彼女は目をつむった。

「……疵物ですが、この身体を好きにしてください。ここだけでなく、いつでも、どのようなときでもその求めに応じます」

その決意は固いと見える。

子鹿のように震えているが、たしかな決意がその内側から漏れ出ていた。

彼女はどのような辱めも受けるだろう。

俺を手に入れるためならば、どのような試練にも打ち勝つはずだった。

(――これは俺の負けかな)

そう思った俺は、自分が羽織っていた魔術師のローブを彼女に掛ける。

そしてこう言った。

「――いいだろう。今日から俺は君のものだ」

ただし、と続ける。

「俺は表立ってなにかやるようなタイプじゃないんだ。裏から、いや、『影』としてこそこそと操ることになるが、文句はないか？」

その言葉に、子鹿のように震えていた姫様は、元気よくうなずいた。

花のような笑顔を俺に見せてくれた。

「はい、今日からわたくしを陰日向なく、お導きください」

と言った。

第三章　軍師レオン

†

　このようにして俺は、宮廷魔術師 兼 図書館司書 兼 王女の軍師となった。

　肩書きがどんどん増えていくが、あまり気にしない。

　いや、姫様のメイドは気にしているようだ。

「レオン様、差し出がましいようですが、名誉職である宮廷魔術師はともかく、図書館司書は辞任されてはいかがでしょうか」

　建設的かつ当然の意見であるが、俺が難色を示すと、姫様は反対する。

「クロエ、いいではないですか。戦場に旅立つたびに、軍に申請をし、軍師となってもらえばいいのです」

「しかし――」

「レオン様から本を取り上げるのは、魚から水を取り上げるようなもの。わたくしがこの国の女王となってレオン図書館を作るまで、宮廷図書館で働いて頂きましょう」

　と俺の兼業を認めてくれた。

　話の分かる上司である。たしかに俺は本に囲まれていないと駄目なのだ。

今でも心の奥底では司書として人生をまっとうしたいと思っているが、それ以上の感情もあった。

それは『影』として仕えることになった姫様を出世させることである。

『最低限』彼女をこの国の『女王』にすることが、目下の目標であった。

そのことを伝えると、当のシスレイアは、

「わたくしが女王ですか」

きょとんとする。

そのメイドのクロエは、

「さすがはレオン様です。傑物は凡人とは視点が違います」

と言った。

シスレイアは控えめに反論する。

「昨晩、わたくしはレオン様に忠誠を誓いました。どのような命令にも従うと決めましたが、わたくしはこの国の第三王女です。兄が三人、姉がふたりもいます。そのような娘が王位になど就けましょうか？」

「今現在、王は病に臥している。数年前までは壮健で、エルニアにその人あり、と言われた勇猛な王だったが、今やおしめをした老人だ」

「…………」

シスレイアが沈黙したので、メイドのクロエが代わりに答える。

「つまり、近日中に身罷(みまか)られ王位争いが発生する、ということですね」

「その通りだ。姫様を暗殺しようとしたケーリッヒが一番先に手を打ってくるかな」

「と申しますと？」

「第二王子だからな、第一王子を殺せば必然的に王位が手に入る」

「長兄のマキシスを殺すのですか？」

「君のような可愛(かわい)い妹を殺そうとしたんだ、なんのためらいもなく殺すだろうね」

「そもそもマキシスだって王位を簒奪(さんだつ)されないようにケーリッヒのことを狙っているはず。同じ穴の狢(むじな)ってことだ」

「――一滴の血も流れずに次の王は決まらない、ということですね」

　クロエは言う。

「――父上が遺言を残されないから」

　シスレイアは嘆くが、それは関係ない、と言う。

「どのみち、諍(いさか)いは起こる。三兄弟の誰が王になっても遺恨は残り、争いになる」

「……かもしれませんね」

「というわけで、俺たちも遠慮せず、王位を狙おうじゃないか。王になったほうがこの国を動かしやすい」

「しかし、先ほども言いましたが、わたくしは王の六番目の子供です。王位からもっとも遠い」

「分かっている。だから裏で色々と政治工作するさ」

　ただそれには、と続ける。

「王位を狙える段階になるまで、姫様を出世させる必要がある。この国に姫様派と呼ばれる連中を作る必要がある」

「姫様はスラムの聖女の弟子です。スラムの人々は支持してくれます」

　クロエの言葉だった。

「それは有り難いが、それだけじゃ足りない。国民すべてが熱狂してくれるような支持、それと宮廷内の有力者の支持も必要だ」

「あらゆる階層の支持が必要ということですね」

「そうだ。それにはいくさで武勲を立てるのが一番だ」

「やはりそれが一番の近道ですか」

「そうだ。いくさは国民を熱狂させる。誰よりも強い将軍はそれだけで尊敬される。宮廷の貴族どもも戦争に強い将軍には一目置くからな」

「ならば当面の目的はいくさで出世することになりますが、早々都合良く戦争が起こるでしょうか」

　現在、この大陸は西を諸王同盟、東をアストリア帝国が支配しているが、慢性的に戦争をしているわけではない。

先日のような小競り合いは常にあるが、互いの主力が激突するような「大会戦」は数年に一度くらいしか起きないのだ。

諸王同盟とアストリア帝国は、国境線を境に『騒々しい均一』を保っているといえた。

そうなるとなかなか武勲を立てるのは難しいものだが、俺は焦っていなかった。

そもそも自分の知謀だけで武勲を立てられるとは思っていない。そこまで自惚れていなかった。

「武勲を立てるにはまずは姫様の軍団を拡張しないと」

軍隊での姫様の階級は「准将」。幸い自分の幕僚を持てる階級であった。

兵の数は「旅団」から「師団」をひとつ任せてくれる階級であり、戦局に影響を与えるような階級ではないが、それでも今のうちに「使える」人材を集めておくのは必須かと思われた。

姫様が出世をすれば、複数の師団を管理するようになり、それらを任せる人材も必要になるのだから。

その意見を話すと、姫様も同意してくれる。

「世界最強の軍師と、世界最高の司書を手に入れることはできましたが、武のほうが足りないような気がします。……あ、もちろん、レオン様は魔術師としても最強だと思っていますが」

「お世辞はいいよ。たしかに武のほうが足りないと俺も思っている。特に兵士と一緒に前線に飛び込み、剣を振るってくれる士官がほしいな」

その言葉に同意してくれるシスレイア、一緒に悩んでくれる。

「ただの戦士ではなく、頼りになるタフガイがほしい。どのような苦境も跳ね返す負けん気を持ち、死の間際でも笑っていられるような豪胆なやつ」

「剣を振るいながら剣林弾雨の中に飛び込み、敵将を倒してくるような人物ですね」

「そうだ。それでいて人格者だといい。卑怯者（ひきょうもの）ではなく、清廉な心を持っているやつだ」

「しかし、そのように都合のいいものがいるでしょうか？　仮にいたとしてもすでにどこかの部隊に所属し、そのものを手放さないのではないでしょうか？」

「かもしれないな。しかし、勇者の価値を知る将官ってのは少ないものさ。その本当の価値を知らずに邪険にしている、という例を俺はたくさん見てきた」

「レオン様もそうですね。歴代の上司は皆、レオン様の価値を理解していませんでした」

「だな」

苦笑を漏らしていると、いつの間にか消えたメイドの少女が、「うんしょ」と紙の束を持ってきた。

「それは？」

メイドのクロエは言う。

「これは過去一年分の王都の新聞です」

「ほお、主要紙全部あるな」

ガーディアン・ヒューム、ドワーフ・タイムス、サン・エルフシズム、王都で発行されている有名な新聞はすべてあった。

トゥスポなどのゴシップ紙はなかったが。

「ここで議論していてもまとまらないと思ったので新聞を持ってきました。過去の記事を見ましょう。戦地で活躍した軍人が特集されている号もありますし」

「それは名案だ」

と言うとクロエはぺこりと頭を下げる。すると彼女の部下と思われるメイドたちが次々に部屋に入ってきて新聞を置いていく。

「…………」

さすがは主要紙一年分。その量は相当だった。

思わず溜息を漏らすとクロエはにこりと笑う。

「新聞を精査する前に、お茶でも淹れましょうか」

と言うともうひとりのメイドさんが銀のワゴンを持ってくる。その上には紅茶道具一式がおかれていた。それに焼き菓子なども。

紅茶党である俺の心は弾む。王族の館の紅茶と菓子はさぞ美味いだろうと思ったのだ。

丁重に、だが最適な動作で紅茶を入れるメイドさんを見つめながら、部屋が紅茶の香気で満たされるのを感じた。

†

琥珀色の液体を軽く見下ろすと、それを口に運ぶ。

とても高貴な香りがし、渋みも適度だった。

砂糖は二杯にしてもらったので、そんなに甘くないが、これだけいい茶葉ならばストレートにすればよかった、と軽く嘆く。

「二杯目はストレートにしますわ」

と微笑むメイドのクロエに茶の礼を言うと、さっそく作業を始める。

「さあて、新聞に目を通すが、注目するべきは、一面ではなく、『今日の英雄』のようなコーナーかな」

「なぜ、一面ではないのですか？」

「一面は主に将軍や政治家が飾っているからだ。俺らが探しているのは、将来、有望な将軍候補だ。戦場で活躍してくれそうな、士官や下士官がほしい。そう言った連中は、サン・エルフシズム紙の七面くらいにある『今日の英雄』で特集されていることが多い」

「なるほど、たしかに」

さすがは慧眼です、とシスレイアは褒める。

彼女は読んだ新聞を「参考になる」「参考にならない」ボックスに選り分けていく。

俺とシスレイアとクロエの三人はそれぞれの速度で新聞を読んでいく。

新聞の読み方ひとつでそれぞれの性格が出るのが面白かった。

俺は新聞など読み捨てるもの、と手荒に扱う。くしゃくしゃにし、文字も乱読気味に素早く読む。

シスレイア姫は逆に新聞を大切に読む。わずかの皺（しわ）も付かないように丁重に扱っている。速度もそんなに速くない。その性格のようにおっとりとゆっくりと読む。

クロエはその中間で、多少、皺が付くことも気にしない。読む速度も俺と姫の間くらいの速度だ。

やはり育ちが出るのだな、と思っているとシスレイアがドワーフ・タイムスを持ってこちらにやってきた。

「レオン様、面白い記事を見つけました」

「ほお、どんなのだ？」

問い返すと、彼女は注目の記事を開く。

「ここの記事なのですが、質実剛健なドワーフ・タイムスの記者が絶賛する士官を見つけました」

「へー、安易に人を褒めないドワーフの記者がねえ」

「それは気になる」

と記事を読む。

するとそこにはこのような見出しがあった。

『東部戦線に新たな英雄が現れる。大剣を振るって敵をなぎ倒す様は、まさに現代の鬼神』

大仰な見出しであるが、その見出しにふさわしい戦果も上げているようだ。

「たったひとりで三〇人の敵兵を斬ったのか、すごいな」

「すごいですね。ひとりで戦局を左右してしまいそうです」

「先日の姫様救出作戦のときにいれば、もっと正攻法でやれたかもな」

と言うと俺はその人物の姓名と階級を確認する。

「名前はヴィクトールか。フォンがないということは平民かな」

この国では貴族にはフォンの呼称が付くのだ。

「そのようですね」

「年齢は二五歳か。脂が乗っている年代だな」

「レオン様より年上ですね」

「だな。まあ、それはいいとして、この記事だけではな。ドワーフ・タイムスだから提灯記事ではないだろうが、この戦果が偶然ということもある。たった一個の戦果だけでは、人は計れない」

と言うとメイドのクロエはすかさず残りの記事を持ってくる。

ナイスタイミングである。

さすがはメイド、と褒めると彼女の持ってきた記事を見る。

「……ふむ、順調に戦功を上げているな」

ヴィクトールの戦功が初めて取り上げられた記事は一年前のもの、そこから定期的に似たような戦功を上げていた。

「すごいですね。この御仁は」

「まさしく鬼神です」

女性ふたりは驚いているようだが、俺は眉をひそめる。

その様子を見たシスレイアは尋ねてくる。

「なにか気になることがありますか？」

「ちょっとな。いや、ちょっとじゃないか」

「どこがおかしいのでしょうか？」

「いや、このように定期的に活躍しているのに、こいつの出世が遅いと思ってな」

「出世ですか？」

「このようにド派手な武勲を立てれば、すでに佐官になっていてもおかしくないのに、一ヶ月前の記事は少尉のままだった」

「……たしかに変ですね。なにか事情があるのでしょうか？　あるいは間違いとか」

「職人気質(かたぎ)のドワーフがこんな間違いを？」

それはない、と言い切ると、「なにか事情があるのだろうな」と言い切る。

すると部屋にひとりのメイドが入ってくる。彼女の手には新聞が握られていた。本日発売の夕刊である。

彼女がそれを主に渡すと、シスレイアは驚いた顔をする。

「……さすがはレオン様です。神託の巫女のように物事をずばりと言い当てる」

賞賛よりも事実を知りたかった俺は、シスレイアから新聞を受け取ると、記事を確認した。

そこに書かれていた記事はこのような見出しであった。

『鬼神ヴィクトール少尉、本物の鬼となる。同僚を殺害し、憲兵隊に捕縛される』

ヴィクトール少尉はやはり難物であるようだった。

†

ヴィクトール少尉逮捕の記事を詳細に読む。

どうやら彼は同僚を殺害し、上官を殴り飛ばした罪で捕縛されたようだ。

その記事を見たシスレイアは衝撃を受けたという表情をしていた。

メイドのクロエは無念そうな表情をしていた。

「せっかく、有能そうな士官を見つけたのに、がっかりです」

おひいさまを慰めるメイドであるが、俺は「なにをそんなにがっかりしているんだ？」と尋ねる。

「引き抜こうと思っていた人物が、犯罪者だったのです。自分の見る目のなさに自己嫌悪に陥りました」

「なんだ。姫様は新聞に書いてあることを鵜呑みにするのか？」

「と言いますと？」

「ドワーフ・タイムスは硬派な新聞だが、それでも軍部の意向には逆らえないよ。軍にとってまずいことは書けない」

「ならば嘘の記事であると？」

「いや、本当だろうが、この記事には事実しか書かれていない。肝心の動機が書かれていないんだ」

姫様はじいっと記事を読み返すが、「本当に」と言った。

「ヴィクトール少尉が同僚を殺した理由が一切書かれていません。不自然です」

「おそらく、それを書いた記者の最後の抵抗だったんだろうな。軍部の意向に対するジャーナリズムの」

「そこまで読み取られましたか」

驚くというより呆れるシスレイア。

「まあ、想像だがね。だが、大きく間違ってはいないはず」

「ならばどのような理由で同僚を殺したのでしょうか？」

「そこまでは分からないが、調査する価値はあるはず。もしも私怨や激情で殺したのでなければ、救ってやりたい」

「レオン様はお優しいのですね。それに他人を信頼できる度量を持っている」

「まさか、俺はこいつの面構えが気に入っただけだよ」

と言うと写真が載っている記事を姫様に見せる。

「こいつは私怨で人を殺すようなやつには見えない。それにこの不敵な面構えは姫様がこれから作る軍団に役立ちそうだ」

千の敵を前にしても怯むことはないだろう、と続ける。

それを聞いたシスレイアは納得しながら、こう言った。

「……やはりわたくしの人を見る目に狂いはないようです。レオン様はきっと」

その声は可聴範囲ギリギリの音域だったので、俺の耳には届かなかったが、それでも姫様が俺を信じてくれているのは分かった。

その期待に応えるため、メイドのクロエにこの記事を書いたドワーフ・タイムスの記者と接触し、情報を得るように命令する。

彼女は「承知しました」

と風のように消える。

それを見送る俺は、彼女が消えるとその主に尋ねる。

「というか、あのクロエって娘はなんなんだ？　メイドとしても一流、戦士としても一流、間諜としても一流っぽい。忍者なのか？」

「忍者がなにかは存じ上げませんが、彼女は王宮にやってきた日からわたくしに仕えてくれている忠臣です」

「なるほど、それにしても動きから手配まで、完璧だな」

「それは日頃の努力のたまものでしょうが、彼女の種族が影響しているのかもしれません」

「人間ではないのか」

「はい」

「意外——ではないか」

懐中時計に魔力を込め、ぶん回す姿は人間ぽくないと思っていた。

「クロエはドオル族と呼ばれる亜人の娘です。ドオル族は人形のような姿と人間離れした身体能力を持つ一族です」

「見た目は人間にしか見えないけどな」

「メイド服を着ていれば。一緒にお風呂に入れば彼女が人とは違うと分かるはずです」

どのように違うのだろうか。一度、お風呂に入れば分かるのだろうが、そのような機会はないだろう。

これ以上、尋ねる気もない。

クロエという少女は美味い紅茶を淹れてくれる使える人材である、と分かっていれば十分だった。

忍者メイドのクロエが情報収集にいそしむ。

やはり彼女は諜報員としても優秀で、翌日にはドワーフ・タイムス社の記者から情報を聞き出していた。

それを俺たちのもとに持ってきて、正確に伝えてくれる。

「やはりヴィクトール少尉は罪なくして囚われたようです」

俺の想像が当たったことを驚く姫様。

「やはりレオン様の想像通りでしたか」

「はい、ヴィクトール少尉は、戦場で民間人に暴行を働いた同僚をその場で斬り殺したのです」

「なんと……」

「最初は捕縛しようとしたようですが、民間人を辱めた同僚は逆ギレして、ヴィクトール少尉に斬り掛かったようで」

「軍律を正そうとしたヴィクトール少尉が正義で、それに斬り掛かった同僚が悪なのですね」

俺は、

「そうだ」

と肯定するが、物事はそんなに単純ではない、と続ける。

「おそらくだが、ヴィクトールは上官にそねまれていたんじゃないのか？」

「ご明察の通りです。ヴィクトール少尉は王虎師団・第四連隊に所属していたのですが、連隊長に睨まれていたようです。この連隊長は貴族出身なのですが、立て続けに武勲を立てるヴィクトールをねたみ、出世をさまたげていたようです」

「男の嫉妬はみにくいな」

「同感です。今回の事件はその連隊長の親戚が民間人に暴行を働いたことが始まりです」

「なるほど、ヴィクトールが連隊長の一族を斬り殺したことを口実に、そのまま軍法会議で始末しよう、というのが連隊長の企みか」

「その通りです」

「ならばそいつの思惑に乗る必要はないな」

「御意」

「いくら連隊長に嫌われていたとはいえ、ヴィクトールには味方も多いはずだ。戦場で救われたものも多いはず。彼を弁護してくれる兵を探せ」

「御意。――それとですが、現場には斬り殺した同僚以外にも兵がいたそうです」

「目撃者がいるのか」

「御意」

「そのものを見つけ出せ。ヴィクトールの行動にこそ正義があると証明してもらう」

「すでに手配済みです。もうじき、行方が知れましょう」

「さすがは忍者メイドだ」

と褒め称えると、彼女の部下のメイドがやってくる。クロエに耳打ちすると、クロエは残念そうに眉を下げる。

「……申し訳ありません。先手を打たれました。目撃者の兵は連隊長によって左遷させられたそうです」

「なるほどな。まあ、俺が連隊長でもそうする。謝らないでいいぞ」

「まさか、左遷先に向かうつもりですか」

「その通りだ。ヴィクトール少尉の命が掛かっているからな。それにシスレイア軍団の命運も」

そう言うと俺はクロエから左遷先を聞き出す。

そこはエルニア国でも有数の危険地帯だった。

アストリア帝国との国境線ではない。

逆に国境からは離れた地だ。その代わり太古の昔から竜が棲み、そこに挑むと必ず死ぬと言われている山だった。

その山はシビの山と呼ばれている。——別名、竜の山である。

俺たちはそこに向かわされた目撃者を確保するため、旅立つ。

†

このようにシビの山に旅立つことになった俺たちであるが、シビの山に向かう、と言った瞬間、姫様の執事は反対する。

「危険です。お嬢様をそのような場所に連れて行くなんて」

そりゃそうだ、としか言い様がなかったが、よく見るとシスレイアはトランクを用意し、その中に必要なものを詰め始めていた。

「……まさか、君も行く気か？」

と尋ねると、シスレイアは二つ返事で返す。

「もちろんです。レオン様だけ危険な場所におもむかせるなどありえません」

「俺としては武芸が苦手な君が一緒のほうが困るんだけど」

「たしかに武芸は得意ではありませんが、わたくしには強運があります。いまだ戦場で傷を負ったことがないのです」

「昨日まではそうかもしれないが、それが明日の保証にはならない。それに俺がこれから向かうのは戦場ではなく、竜の山だ」

「ですね。ヴィクトール少尉を救う目撃者を確保しに行くのですね」

「そうだ。連隊長が悪巧みをして竜の山に向かわせている。そこで竜の逆鱗（げきりん）を手に入れるまで戻ってくるな、という任務を受けたらしい」

「なんという酷（ひど）い命令」

「同感だ。狡猾なことにその同僚は出世をちらつかされている。俸給もな。もしも任務を果たせばそれらが手に入り、家族の生活が楽になるそうだ」

「……しかし、死ぬ可能性もある」

「そっちのほうが高い。だから我々が救いに行く」

「今、我々と言いましたね？」

「言ったよ。君のメイドに同伴願うつもりだ」

「クロエも女の子ですが、なぜ、わたくしは駄目なのですか」

「女の子？」

先日、棍棒やダガーを懐中時計で砕き、躊躇なく悪漢の鼻に一撃を入れていた少女を、女と換算していなかった。

「それは酷いです。ああ見えても、いえ、あの容姿通り、とても繊細な女の子なんですよ」

「分かった。道中、女の子として扱う」

「それだけでは駄目です。クロエは寂しがり屋の恥ずかしがり屋、道中、色々と相談できる同性、さらに世話し甲斐のある銀色の髪のお嬢様が必要だと思いませんか？」

思いません、と言いたいところだが、その肝心のクロエが「ひしりっ」とシスレイアを抱きしめていた。

おひいさまと一緒でなければどこにも行きません、という感じである。

「…………」

非難がましい目でメイド服の少女を見つめると、俺は折れた。

「……シスレイア姫の帯同を許可する」

その言葉を聞いたシスレイアは嬉しそうにメイドを抱きしめると、次いで俺にも抱きついてくる。

「だからレオン様は大好きなのです」

と断言すると、先ほど用意していたトランクに下着類を入れ始める。

居たたまれない気持ちになった俺は自分の家に戻ると、旅の準備を始める。

俺は着た切り雀というか、同じデザインの服しか持っていないので準備に時間が掛からない。姫様から支給して貰った軍服と魔術師のローブを無造作にトランクに詰める。

一週間分の下着類を入れるが、これも同じデザインなので選ぶという時間は必要ない。

毎朝、どんな服を着るか悩むことほど無駄な時間はないと思っている俺、ゆえに同じデザインのものしか持っていないのだ。

職場の女魔術師からは顔をしかめられていたが、俺は王都の人気役者ではない。服装には無頓着だった。

その代わり持って行く本にはこだわるが。

「シビの山まで往復で二週間近く掛かるとして、その間、本を読める時間が一日二時間とすると、本気を出せば一〇冊は読めるな」

そうなるとミステリー小説、戦記小説などをピックアップしたくなるが、気になる兵法書も持って行きたくなる。

「一番時間を潰せるのは辞書なんだよな」

暇なときに読む辞書は格別だ。どうでもいいワードを調べたり、適当にめくったページを読み込んでいるだけで時間が潰せる。

そのようなことを考えながら持って行く蔵書をチェックするが、すべての用意が終わるとシスレイアとクロエがやってくる。

ふたりは馬に乗っていた。

「てっきり馬車で向かうのかと思っていたが」

「馬車だと時間が掛かります。我らは幸い馬に乗れますから」

俺が不機嫌そうな顔をしていたからだろうか、シスレイアは申し訳なさそうに尋ねてくる。

「……もしかしてレオン様は乗れないのですか」

「……いや、さすがに乗れる」

ただ、道中、本を読めなくなったから機嫌が悪くなっただけだ、とは言わない。

仕方ないので俺は数冊、本を自宅に戻すとそのまま馬にまたがった。

シスレイアの用意してくれた馬は駿馬(しゅんめ)だった。さすがは王族という感じだった。

馬を飛ばすと、予定の倍の速度で進む。

三日ほどでシビの山の麓に到着した。

俺たちは林を見つけると、そこに数日分の馬の餌と水を置いて馬を木につなぐ。

平原では頼りになるが、山では馬はかえって邪魔になるのだ。

それに竜にとって馬はご馳走。竜を引きつけて無用な戦闘になるのは避けたかった。

「俺たちは竜殺しの称号がほしいんじゃない。俺たちがほしいのはヴィクトール少尉のための証人だ」

無論、証人が竜と戦闘を行っていたら、援護はするが、それでも竜の討伐よりも彼の確保を優先したかった。

そのことを三人で確認すると、そのまま山に登った。

シビの山は想像以上の険路だった。

さすがは竜の山である、と思っていると、前方になにものかがいることに気がつく。

最初は例の「竜の逆鱗採取部隊」かと思ったが違った。

前方にいるのは人間ではなかった。

緑色の皮膚をした小鬼たちだった。

いわゆるゴブリンである。

皆、石器のナイフや斧などを装備していた。

通常、ゴブリンはそれほど好戦的ではない。むしろ臆病な生き物で戦闘になるケースは少ないが、場合によってはありうる。

例えば向こうが極度の飢餓状態で、こちらが弱者と見なされた場合は必ず戦闘になる。

――さて、我々はゴブリンにどのような目で見られているのだろうか。彼らの行動を観察する。

どうやら俺たちは弱者と見なされたようだ。

三人しかいないし、うちふたりは可憐な女性だった。

ドレス姿の王女様とメイド姿の少女が強そうに見えるわけがない。かくいう俺も典型的な魔術師タイプのローブを着ている。歴戦の冒険者感はゼロである。

というわけで戦闘になるが、俺はあまり緊張していなかった。

まず俺自身、ゴブリンの一〇匹や二〇匹くらい退治できる力量があったし、メイドのクロエも強いことを知っていたからだ。

ふたりで共闘すればゴブリンの集団など雑魚以外のなにものでもない。

それに俺は姫様がそこそこできることを知っていた。先日、戦場で彼女が指揮をする姿を見たが、あれは剣術の心得があるものの指揮だった。戦い方を知っているものの采配だった。

事実、姫様は宮廷に上がって以来、毎日、剣術の訓練をしているようだ。

自分の身は自分で守る。己を守れない人間に民は守れない、というたしかな哲学が有るようである。

彼女は剣を抜くと、優雅に、だが力強くゴブリンを斬り伏せていく。

ドオル族のメイド、クロエのような剛の一撃こそ放てないが、ゴブリンの急所に的確にレイピアを突き立てる姿は勇ましく、頼りになった。

（平和を願うだけのお姫様かと思ったが、なかなかやるようだ……）

心の中でそう漏らすと、俺は無詠唱でエネルギーの矢を作る。

それをゴブリンに放つと、エナジーボルトが一気に二匹のゴブリンを貫く。

それを見ていた姫様はぽつりと言う。

「レオン様は知謀だけでなく、魔術師としても最強です」

お褒めにあずかり光栄であるが、驕（おご）ることはなかった。

俺は魔術学院で習った魔法戦闘術を駆使すると、五匹のゴブリンを瞬殺し、ゴブリンの集団の戦意をくじいた。

元々、こちらの物資狙いで襲いかかってきたゴブリンの戦意が高いわけもなく、総崩れとなる。

クロエは逃げ出すゴブリンの後頭部を懐中時計で思いっきり叩（たた）くが、俺が追撃をやめるように言うと、「御意」と頭を下げた。

姫様の主の命令は姫様の命令も同じらしい。

やりやすくて助かる、と言うと、クロエはわずかに頬を緩め、「恐れ入りたてまつります」と言った。

†

半数のゴブリンは逃げ去ったが、もう半数のゴブリンは残っていた。

ただ彼らにはもう戦意はない。

皆、俺の魔法か、クロエの懐中時計か、シスレイアのレイピア攻撃によって傷付いたものたちだ。致命傷を避けられたものもいるが、皆、その場で動けなくなっていた。

姫様がうずうずしていることに気が付く。治療してやりたいのだろう。

しかしゴブリンは恩義を感じない生き物、治療した瞬間に襲いかかってくるのは必定であったので、耐えてもらう。

姫様とてその知識はあったのだろう。無理に治療しようとはしなかった。ただ、断腸の思いでその場を去ろうとすると、急に夜のように暗くなる。

大きな影が俺たちを包み込む。突風のようなものも現れる。

まるで太陽が飲み込まれたような感覚を味わうが、その表現は誇張ではなかった。

空を見上げるとそこにいたのは大岩に翼が生えたかのような生き物だった。

「竜！」

そう叫んだ俺は、無詠唱で防御壁を張る。

メイドのクロエとシスレイア姫を近くに寄せると、球状の防御壁を張る。

高熱にも耐えられる絶対障壁だ。

その行動は正しく報われる。

防御壁を張り終わった瞬間、真っ赤な竜は口から炎の息を吐き出した。

ホバリングをしながら、地獄の炎をまき散らす。

それによって地に倒れていたゴブリンの過半は焼かれた。

竜は地に降り立つと、丁度いい焼き加減になったゴブリンを喰らう。

ミディアムレアに焼き上がったゴブリンを一飲みにする。

二、三、小さなゴブリンを喰らうが、竜は美味そうにゴブリンを食していた。

その場で固まる俺たち。しかし、このままでは食欲旺盛な竜がゴブリンを食べ尽くすのは明白だった。そのとき、ターゲットになるのは明らかに俺たちであった。

——というわけでここは撤退することにする。

呪文を詠唱し、足音を消すと、光学魔法で姿をくらまし、竜の注意を引かないように気をつけた。

元々、竜はゴブリンの血の臭いに釣られてやってきたようだから、俺たちに標的が移るようなことはなかった。無事、安全地帯まで脱出するが、幸か不幸か、そこで「竜の逆鱗採取部隊」と出くわしてしまう。

王虎師団から選抜された逆鱗採取部隊。

逆鱗を採取することを命令された三人の男は慌てながら走り寄ってくる。

彼らは俺たちを無視すると、そのまま竜のいる戦場へ向かおうとしたが、当然、止める。彼の名前を呼ぶ。

「ジェイス曹長！　やめるんだ。命を粗末にするんじゃない」

まさか名前を呼ばれるとは思っていなかったのだろう。

ジェイスとその仲間たちはこちらに振り向く。

「貴殿は誰ですか？　なぜ、俺の名を」

「自己紹介が遅れたな。俺の名はレオン・フォン・アルマーシュ大尉だ。王都で宮廷魔術師 兼 図書館司書と、とある女性将官の軍師をしている」

「そのレオン大尉がおれのような男になんの用です？　やっと竜を見つけたのです。邪魔しないで頂きたい」

「そうはいかない。お前たちがこのまま竜に突っ込んだら負ける。むざむざ死なせるわけにはいかない」

「…………」

自覚はあったのだろう、ジェイスたちは沈黙するが、それでも声を絞り出す。

「……負けるのは承知の上です。おれたちは金目当てで『逆鱗採取部隊』に志願したんです。今、ここでやらなくてどうするのです」

「たしかにそうだ。しかし、君が死ねば無実の男がひとり死ぬ」

「ヴィクトール少尉のことですか？」

「そうだ」

「……彼には申し訳ないことをしました。しかし、おれの力ではどうにもなりません。連隊長は貴族なんです。それもかなりの上位の貴族の一門。平民の俺が逆らったらなにをされるか」

すでに左遷され、命を懸けさせられているではないか、とは言わない。そのような言葉では信頼を勝ち取れないと思ったのだ。

「連隊長様が怖いのは重々承知している。それに君に出世と金が必要なのもな」

そこで言葉を区切ると、続ける。

「俺が仕えている、とある女性将官とはこの方だ」

横に控えていたシスレイアを紹介する。彼女はすこやかな笑みを浮かべる。

「この方はこの国の王族だ。シスレイア姫、知っているだろう」

「も、もちろん……」

平伏するジェイスたち、シスレイアは彼らに頭を上げさせるとこう言った。

「連隊長やその後ろに蠢く貴族どもはこのわたくしがその名に誓って押さえつけます。ジェイスさんたちには指一本触れさせません」

シスレイアの名、評判は彼らの耳にも伝わっていたのだろう。彼らは彼女の言葉を疑わなかった。

――ただ、

「シスレイア姫のお言葉は有り難いのですが、我らには金が必要なのです。この逆鱗採取部隊に追いやられたのは、連隊長の嫌がらせでもありますが、それぞれに出世や金、あるいは逆鱗目当てでやってきたものもいるんです」

「なるほど、ならばその逆鱗を採取できれば問題ないのだな」

さも当然のように言ったからだろうか、ジェイスたちが、「え!?」と驚くのがワンテンポ遅れた。

「レオン大尉、まさか我々に協力してくれるのですか」

「逆鱗が手に入り、連隊長の仕返しの恐れがなくなれば、軍法会議でヴィクトールを擁護してくれるかね」

「もちろんです。おれは元々、ヴィクトール少尉を尊敬しているんです。何度、戦場で命を救われたことか」

「ならば取り引き成立だ。貴殿の証言と、ヴィクトールの命が竜一匹で買えるのならば安いものだ」

そう断言すると、俺は彼らに作戦を伝えることにした。

竜を殺すと言ったが、正攻法でやるつもりはなかった。正攻法でも倒せないことはないが、その場合は多大な犠牲を払うだろう。それは勿体(もったい)なかったし、俺は影の軍師である。影の軍師には影の軍師らしい、小賢(こざか)しいやり方があると思っていた。

†

シスレイア姫とメイドのクロエは俺の実力を知っていたが、ジェイス曹長たちは知らない。

実績なきものの大言壮語を信じるような輩はいないのである。

だから俺は彼らに詳細を伝える。

俺の作戦を聞いたジェイスたちの表情は、驚愕に染まっていた。

「まさか、そんな奇策を用いるとは」

「この山の地形を利用して戦うなんてすごい軍師様だ」

道中、崖があり、その上に大岩があったので利用させてもらうだけなのだが、この状況下でさらりとその作戦が浮かぶのがすごいらしい。

そんなことないよな、という視線をシスレイアに向けるが、彼女はゆっくりと顔を横に振ると、

「控えめに言ってすごいです」

くすくすと笑いながら言った。クロエも似たような表情をし、「凡人には考えつかない発想です」と言い放った。

ただ、道中に面白い地形があるな、と思っただけなのだが、皆、あまり風景を見ていないのかもしれない、そう思った。

さて、俺がすごいかどうか、それは後世の歴史家に決めてもらうとして、問題は道中にある大岩を動かせるかどうか、である。

ジェイスたち三人を見つめるが、魔法が使えそうなものはいなかった。また筋骨隆々で頼りになりそうなものも。

——となると、必然的にメイドさんに注目する。彼女は小柄ながらドオル族の戦士なのだ。大岩くらい動かせるだろうと思った。

というわけで、大岩を動かし、それを竜に落とす係はメイドのクロエに決まった。

即座に任命である。

姫様もそれを承認するが、姫様は俺と一緒に竜を誘(おび)き出す役がやりたい、という。

それは俺もクロエも反対であったが、シスレイアは強引に役割を割り振る。

「竜をおびき寄せるのは古来から姫の務め。それに最強の魔術師、レオン様がいればどのような困難も恐るべきではありません」

姫様は案外、強引で我儘(わがまま)なのでその意見を変えることはないだろう。

まあ、彼女の剣の腕はゴブリン戦で見せてもらった。足手まといにはならないだろうと、許可する。

あとはジェイスたちの割り振りだが、ジェイスだけ俺に帯同してもらい、残りはクロエとともに大岩を押す係になってもらうことにした。

クロエはひとりで十分、と言うが、タイミングよく大岩を落とすには、見張り役と伝令役がいるのだ。それは彼らにやってもらう。

と説明すると、ジェイスたちは同意してくれた。

そのまま俺たちは二手に分かれ、竜を追う。

というか竜はまだゴブリンの死体を捕食中だった。十数体はあったはずだが、なんという食欲だろうか。

ただ、さすがに満腹なのか、俺たちの姿を見ても物欲しそうではなかった。

「腹を空(す)かせていないのならば、相手を怒らせればいい」

ということでシスレイアに悪口を言ってもらう。

突然振られた彼女は、「え……？　え……？」という表情をしていた。だが、すぐに自分の役割に納得すると、悪口をひねり出す。

「……ええと、大きなトカゲみたいですね!!」

その言葉を聞いた竜はきょとんとしている。そもそも竜には人語は通じないのだ。仮に通じたとしてもそんなに怒るような悪口ではないが。

姫様は優しい、生来、悪口など思いつかないタイプなのだろう。

姫様の心根の優しさを改めて嬉しく思ったが、同時に「あはは」と笑ってしまう。

それを見ていたシスレイアは、

「レオン様はいけずです！　手本を見せてください！」

頬袋を膨らませて怒る。リスみたいに可愛らしいので、相手を怒らせるコツを伝授する。

「相手を怒らせる方法はいくらでもあるが、そのひとつを教えようか」

と言うと俺は古代魔法言語を詠唱する。

両手に炎が宿ると、それをひとつにし、巨大な炎を作り上げる。

「そのひとつが、相手の得意分野でお株を奪うこと。人魚が泳ぎで人間に負けたら、鳥人が飛行で人間に負けたら、さぞプライドを傷つけられるだろう？」

その言葉、それに俺の両腕に宿る炎を見て、シスレイアは、ごくり、と生唾を飲み込む。

「なんという魔力。竜の息よりも強力そうです……」

「『そう』ではなく、強力なんだ。今、見せるよ」

そう言うと俺は容赦なく、紅蓮（ぐれん）の炎を解き放ち、竜にぶつける。

俺の手のひらから放たれた放射状の炎は瞬く間に竜を包む込み、焦がす。

「グギャアアアアー！」

この世のものとは思えない叫び声が周囲を包む。

通常、竜を攻撃するときに炎の魔法を選ぶ魔術師はいない。

炎系の魔物には、水か氷と相場が決まっているのだ。

しかし、竜はたしかに炎に対する耐性を持っているが、それでも炎に対して無敵なわけではなかった。

火山のマグマに落ちれば死ぬし、超高温の攻撃には弱かった。

つまり、俺の炎魔法はマグマよりも熱いのだ。

自分の吐く炎よりも熱い魔法を受けて、竜はのたうち回る。

——のたうち回るが、さすがは竜というべきか。

勢いよく翼をはためかせ、天空まで舞い、きりもみするように地上に降下すると、その勢いで炎を消す。

「ほう、見事なものだ」

と思わず論評してしまうが、他人事のような口調がジェイスの不安を煽ったようだ。

彼は顔面を蒼白にして言う。

「レ、レオン大尉、貴殿の炎魔法は素晴らしいですが、あいつには効果がないのでは……。ただ、怒っただけのような」

見れば親の敵でも見るかのような目でこちらを見つめている竜、今にもこちらに飛びかかってきそうであった。

俺は悠然と説明する。

「ならばそれは成功だ。俺たちの役目はあいつを怒らせることなのだから」

「……それは承知していますが、あいつ、激怒していますぜ」

「だろうな」

竜は天が裂けそうなほどの咆哮(ほうこう)を上げた。

そのまま血走った目で突撃してくる。

俺は突撃する竜の頭に《飛石》の魔法を掛ける。

そこらに転がっている石を魔法の力で飛ばしたのだ。

まぶたの上に直撃したため、竜は一時的に突進をやめた。

その隙にシスレイア姫とジェイスに後退をうながす。

一応、挑発しながら後退するように伝えたが、彼女たちにはその余裕がないようだ。

ならば俺が、と、小説仕込みの罵詈雑言(ばりぞうごん)を浴びせながら後退する。

時折、《風の刃》などを作り出し、物理的にも挑発するが、俺の挑発は上手(うま)くいったようだ、竜は面白いように崖に向かってくれた。

†

シスレイアたちを先行させると、その後ろをひたすら走る。

竜は俺を食らおうと執拗(しつよう)に追いかけてくる。

一度、食われそうになり、ローブの一部を食いちぎられる。

「……まったく、一張羅になにしやがる」

そうぼやくとシスレイアはこちらに振り向き言う。

「ご安心を、レオン様。破れた衣服はわたくしが縫って差し上げます」

「お姫様は裁縫も得意なのか？」

「得意と言うほどではありませんが、王都の下町に住んでいたので、女子ができることは一通り習得しました」

「なるほど、いつか手料理も食べてみたいな」

「竜のステーキはいかがでしょうか」

冗談めかして言うシスレイア。俺も冗談で返す。

「やめておこう。竜はまずいらしい」

「肉食ですしね」

「さらにあいつはゴブリンを食べたしな。間接的にゴブリンを食べたくない」

「分かります」

「それにこれから大岩でぺしゃんこにするしな。ステーキにする部位がなくなる」

「それではハンバーグにしてしまいましょうか」

そう戯（おど）けるシスレイアの背中を押す。

「よし、崖が見えてきた。クロエも待機しているな」

「この距離から見えるのですか!?」

「魔法使いの面目躍如だよ。目に魔力を込めれば、鷹のようになれる」

「素晴らしいです」

と言うとシスレイアは走る速度を速める。ジェイスはそれについていくのがやっとのようだ。

これはシスレイアを健脚だと褒めるべきか、ジェイスを情けないとなじるべきか、判断に迷うところだが、判断を下す時間はない。

彼らが安全地帯に行けるように、右手に氷の槍を作り出す。

後方を振り向くと、それを竜の巨体に投げつける。

ぶすりと刺さるが、竜はたじろぐことはなかった。

「……怒りで痛みも感じないか」

凶戦士ってやつだな。

心の中でそう続けるが、悲観してはいない。この状態の竜を『無傷』で倒せるとは思っていない。

それに俺がこれから行う作戦には都合がよかった。

怒りで周りが見えなくなっているほうがいい。

そう思った俺は崖の下まで走ると、大声で叫んだ。

「クロエ！　今だ！　大岩を落としてくれ」

御意！

という返答がない。どうやらクロエはこの期に及んで迷っているようだ。というか、今さら気がついたようだ。

今、大岩を落とせば俺もぺしゃんこになってしまうことを。

まったく、意外と賢しい娘である。

面倒なので俺は叫ぶ！

「クロエ！　躊躇するな！　俺を誰だと思っている？　君の大切なおひいさまの軍師だぞ！　逃げ道くらい確保している」

その声に触発されたのか、ぱらり、と小さな石が落ちてくる。クロエが上で岩を押しているようだ。

これならばすぐに岩は落ちてくるだろう。

そう思ったが、俺はようやく周囲を見渡す。

「……さて、ああは言ったものの、どこに逃げるか」

逃げ道はあると言っておきながら、この崖は極端に狭く、大岩を確実に避けられる場所はなかった。

どうするべきか、迷っていると怒り狂った竜が大口を開け、こちらに迫ってくる。

それを冷静に、他人事のように見つめると、俺は「ぽん」と手を叩く。

「なんだ、逃げ道は目の前にあるじゃないか」

それに気がついた俺は、竜の大口の中に飛び込んだ。

俺は竜の歯を避けると、そのまま喉の奥に進んだ。


大岩を落としたクロエ。

怪力を駆使し、なんとか落とした大岩であるが、今のクロエは気が気ではなかった。

最初、竜を大岩で圧殺するというのは最良の作戦かと思ったが、途中で気がついてしまったのだ。

竜はそれで殺せるとしても、囮(おとり)となった人物はどうなる？　と――。

竜を引きつけたまま、一緒に圧殺されてしまうのではないか、そう思ったのだ。

その想像は間違っていなかった。

実際、竜とレオン様が崖の下に現れると気がつく。

どこにも逃げるスペースがない、と。

竜の動きが意外と俊敏である、と。

これは囮ごと押しつぶさなければ戦果を得られない。

そう思った瞬間、クロエは迷いに迷ったが、それでも大岩を崖下に落とした。

レオン様が大声で叫んだからである。

「自分を信じろ！」

と――。

その言葉は確信に満ちており、人を信頼させるなにかがあった。

だから躊躇するのをやめ、大岩を落としたのだが、その結果はどうなったろうか。

クロエは慌てふためいているシスレイアを連れ、崖下に降りる。

そこには頭を潰された竜がいた。凶暴な竜が死体となって横たわっていたのである。

さすがは天才軍師様、と感じいったが、問題は彼の生存だった。

辺り一面、真っ赤に染まっている。この竜は赤い血を流すようだ。これではレオン様の無事を確認できない。

と不吉なことを想像していると、おひいさまが布きれを見つけ、軽く悲鳴を上げる。

「ま、まさか……」

わなわなと震えるおひいさま。彼女が見つけたのはレオンのローブの一部だった。

「まさかレオン様が死んでしまったというの？　わたくしの軍師様が、わたくしの司書様がこの世界の住人ではなくなってしまったというの？」

悲嘆に暮れるおひいさま。その瞳には涙があふれていたが、クロエには掛ける言葉がなかった。

その姿があまりにも悲しみに満ちていたということもあるが、それ以上にクロエはレオンの生存を信じていたからだ。

クロエは努めて冷静な声で言った。

「おひいさま、ご安心ください。レオン様がこのような場所で亡くなるはずがありません」

クロエがそう言うと、それを証明するかのように奇跡が起こる。

死んだと思われた竜の身体（からだ）が動き出す。頭を潰された竜が震える。

周囲は一瞬、警戒したが、すぐに安堵（あんど）する。竜が生き返ったわけではないと悟ったからだ。

竜の腹から青白い閃光（せんこう）が漏れ出る。まるで溶接しているかのように丸い線ができあがると、そこがぱかっと開く。

無論、そこから出てきたのはこの世界に調和をもたらす予定の軍師様だ。

クロエが知る限り最強の魔術師様だ。

その名をレオンという。

彼は小旅行にでも行ってきたかのように気軽な声で言った。

「ただいま、シスレイア姫にクロエ」

その笑顔は自然でとてもさりげなかった。

他人の美醜に興味がないクロエですら、一瞬だけ虜（とりこ）になった。

そんなレオンに抱きつく、おひいさま。はしたない行為であるが、とがめることはできなかった。

クロエは世間一般から美男美女と称されるであろうふたりの姿をしばし呆然（ぼうぜん）と見ていた。

†

竜を倒し、美女に抱擁された俺は、そのまま故郷に帰り、幸せに暮らしましたとさ――。

とならないのがこの世界の辛いところ。竜を倒したあとも冒険はまだまだ続く。

俺たちは竜の背中を探ると、そこにある逆鱗を見つける。

ひとつだけ逆さのうろこ、それが逆鱗だった。

それをナイフで慎重にえぐると、そのままジェイスに渡す。彼は申し訳なさそうに言う。

「……本当にいいのですか？」

「いいも悪いもない。これは賄賂だよ。軍法会議で証言してくれるね？」

「もちろんです。先ほども言いましたがヴィクトール少尉は恩人だ。――それにあなたも今日からおれの恩人です」

そう言い切ったジェイスは逆鱗を麓のキャンプに持って帰る。

それを上官に渡せば、出世と報酬が約束されるのだ。

「さて、ここまでは予定通りだが、問題の連隊長にお灸を据えないとな」

「ですね」

シスレイアも同意する。

「証言をしてくれたジェイスに迷惑が掛かるのは申し訳ない。それを防ぐには事前に連隊長殿を始末しないと」

「……暗殺されるおつもりですか？」

シスレイアの表情は暗くなる。俺の命令、方針にはどんなことがあっても従う、と約束してくれた彼女だが、やはり暗殺などの手を用いるのには抵抗があるようだ。

生来の優しさがそうさせるのだろうが、今回は彼女の思想に沿うことにする。

「いつか政敵を暗殺する日が来るかもしれないがそれは今日ではない。連隊長殿には生きて責任をとってもらう」

そう言うと彼女は安心したが、俺はひとり、王都の方向を見る。

「……もっとも、死んだほうがましという状況もあるのだが」

無論、姫様には伝えず、心の中に留めるが。

俺はシスレイア姫の笑顔をなによりも稀少だと思っている。彼女の愁眉を見たくないのだ。

だから不逞で悪辣な策略家、という一面を彼女にはあまり見せたくなかった。

そのことを知悉しているのだろう。

クロエはうやうやしく俺に頭を下げると、「お疲れ様でございます」と言った。


木につないでいた馬のところまで戻ると、王都へと帰る。

王都に到着すると、それぞれの家に戻り、翌日、職場に出勤する。

上司はいつもの憎まれ口を叩く。

「武官兼務とはいえ、いいご身分だな。好きなときに出勤し、働きもせずに本を読む」

「自分でも最高の上司に恵まれたと思っています」

上司もどっちのことだ？　などとは言わず、図書館の奥で事務処理を始める。

俺はカウンターに座ると、いつものように読みかけの本を読む。

しばらく仕事をする振りをすると定時に帰る。今日は大切な用事があるのだ。

今日はヴィクトール少尉の軍法会議の日だった。


軍法会議は俺の想定通りになった。

ヴィクトールが出廷すると、事実を歪曲し、ヴィクトールを殺人鬼にしようとする検察。

それを弁護するのは連隊長に買収されたやる気のない弁護士。

このままでは確実にヴィクトールは死刑だろう。

それは望ましくないので、途中、俺がしゃしゃり出る。

俺はヴィクトールが殺した同僚が、民間人の女性を暴行したクズであることを証明し、ヴィクトールが戦場で多くの命を救った英雄である旨を話した。

検察は最初、余裕綽々であったが、俺がヴィクトールを擁護する証人を喚び、幾人もの人間が彼の人間性を賞賛し始めると状況は変わる。

彼が戦場で多くの味方を救った英雄であると判明すると、裁判官の顔色が変わったのだ。

軍法会議は普通の裁判とは違う。軍人が軍人を裁くためのものだから、軍人に同情的に行われる。戦場の英雄を裁きたいものなどいないのだ。

これだけ多くのものがかばうということは、実際、多くの人間を救った国家的な英雄だと判断される。

それでも検察官は「被告は意味もなく同僚を殺害した殺人鬼だ」と主張するが、それも目撃者であるジェイスが名乗り出ると虚しい言葉にしかならなかった。

ジェイスはヴィクトールが殺害した同僚がどれほどの悪だったかを語る。

婚約者の前で女性を辱め、女性の指を切り落として指輪を奪った旨が説明され、それが証明されると、連隊長に買収されていた検察官も弁護士もさすがに言葉を失った。

「……これ以上は協力できない」

と裁判長を見る。結審してくれという意味だが、判決は当然のようにヴィクトールの無罪だった。

逆にヴィクトールが斬り殺した同僚の罪が追及され、被害者女性とその家族に多額の慰謝料が支払われることとなった。

その判決を聞いた連隊長は怒りで顔を真っ赤に染め上げると、俺のことを睨み付け、大股で法廷から出て行った。

ヴィクトールはその日のうちに釈放されたが、なにが起こったか分からず、呆然と俺を見つめていた。

こうしてヴィクトールを無罪にしたが、俺はヴィクトールに接触することなく、職場で仕事をしていた。

いつものようにカウンターで本を読む。

小一時間ほど、カウンターに誰も来訪することはなかったので、時間を持て余す。

その間、思考を整理する。

「裁判によってヴィクトールは無罪にした。だがまだすべては解決していない」

裁判で恥をかかされた連隊長、彼はあらゆる手段を駆使し、報復してくるだろう。

豪胆なヴィクトールはともかく、気弱なジェイスはこちらで救ってやりたかった。

ちなみに暗殺という手段は使わない。姫様が悲しむし、連隊長の後ろには大貴族がいる。彼らとことを構えるのは『まだ』早すぎた。

連隊長には、政治的に死んでもらうのが一番だった。

そのためにはスキャンダルを「見つける」か「でっち上げて」それを世間に公表するのが一番かと思われた。

というわけで諜報員として優秀なメイドのクロエに動いてもらっている。

メイド仕事の傍ら、連隊長のことを調べてもらっているのだが、一週間後には「でっち上げは不要」であると悟る。

「横領、人身売買、殺人、不倫、犯罪のオンパレードだな」

連隊長殿は軍の物資の横領、犯罪者集団との密接な関係など、余罪が多数あった。今まで逮捕を免れていたのは、有力貴族の一族だからに過ぎないようだ。

ただ有力貴族もこのような小悪党と結託していると思われると名声を落とすことだろう。つまりきっかけさえあればこのような小物はいつでも見放されるということだ。

例えば横領や犯罪者集団との関係が露見すればどうしようもないはず。

そう思った俺は、連隊長殿の女性関係を調べ上げるようにクロエに命じる。

「愛人の髪の色、目の色、愛用している下着のブランド、すべて調べ上げろ。できれば証拠写真もほしい」

「それは可能ですが、軍法会議に提出しても彼が恥をかくだけでは？」

「それはそうだが、この連隊長の奥さんは有力貴族の出でな。しかも気位が高い。彼女の家に行って、不倫相手の痴態を見せたらどうなると思う？」

その悪巧みを聞いたクロエはにやりと笑う。

「面白いことになるでしょう。こちらが提出した横領や殺人の証拠を補強してくれるかも」

「というわけだ。連隊長殿がハッスルしている写真をお願いする」

「御意です」

と消えるクロエ。彼女は連隊長殿の痴態写真を数日で用意してくれた。その他の証拠もである。

俺はそれを持って連隊長殿の家に向かうと、気位の高い奥さんに見せた。

面会を求めたときは優雅な顔をしていた貴婦人が、一瞬にして鬼のような形相になると、俺は彼女をともなって軍事法廷へと向かった。

今度は連隊長殿を起訴するのである。あまたの証拠と、奥さんという動かぬ証人をもって。

一連の俺の策略を見て、クロエは評する。

「レオン様の知謀は神算鬼謀、その知力、三個騎士団に勝る」と。

大げさであるが、誇大広告ではなかった。

連隊長は軍籍を奪われると、そのまま地方へ左遷となり、そこで名誉の戦死を遂げた。

自殺を強いられたのである。

こうしてヴィクトールとジェイスに手を出す愚かものはいなくなった。

†

ヴィクトールの冤罪(えんざい)事件はこのようにして解決したが、一番釈然としていないのは本人であろう。

謀殺を覚悟していたのが一転、裁判で逆転無罪を言い渡され、解放されたのだから。

死を覚悟していたヴィクトールは、身辺を綺麗(きれい)にし、友人や家族に形見分けまでしたのに、と酒場で愚痴った。

しかし、俺に命を救われたのも事実。

礼に行かなければならない、と訪ねてきたのがその日のヴィクトールだった。

彼は竜のように酒気をまき散らしながら、俺の職場である図書館までやってくると、壁をどんと叩いた。

「男に迫られる日がくるとは思っていなかった」

それに対する俺の第一声は、だった。

ヴィクトールは笑う気もないようである。真剣な目で尋ねてきた。

「レオン・フォン・アルマーシュとか言ったな。お前はなぜ、俺を助けた」

「あわよくばお前の剣を俺のものにしようと思ってな。だから恩を着せた」

「その割には接触してこなかったじゃないか」

「事前調査でお前がへそ曲がりなのを知っていたからな、こっちから行くと反発すると思った」

「……おれのことが手に取るように分かるんだな」

「ああ、色々な人物を見てきたからな。お前みたいなタイプはこっちから求愛するよりも、じらして自主的に行動させたほうがいい」

「たしかにそうかもしれん。ここ数日、お前のことばかり考えていた」

「気色悪いな」

たしかにな、とヴィクトールは自嘲する。

「……自分からここにくるのには勇気がいった」

「酒の力が必要だったようだな」

「……さらに言えばお前に礼を言うのに勇気がいる」

「だろうな。へそ曲がりだからな、お前は」

と言うと俺はヴィクトールに地図を書いたメモを渡す。

「仕事が終わったらここに行く。そこでお前が納得するものを見せ、お前が協力したくなるようにする」

「どんな魔術を見せる気だ？　俺は手品じゃ感動しないぜ」

「だが『本物』を見極める力を持っているだろう。お前が本物だと思ったら、俺に仕えてくれ。いや、俺の信頼する姫様の部下になってくれ」

「…………」

ヴィクトールはしばし沈黙すると、俺を軽く見つめる。品定めしているようだ。

判断に迷っているようだ。

そりゃ、そうか。連隊長のように糞みたいな上司を持っていた身だ。容易に人は信じられないだろう。

容易に決断できないだろうと思った俺は、彼を軍の施設である練兵所に誘った。

練兵所とは剣の訓練ができる施設だ。軍属のものならば誰でも借りることができる。

そこにある闘技場に行くと、俺は壁に掛けられている武器を見回す。

それを見てヴィクトールは不思議そうに尋ねてくる。

「……まさかとは思うが、ここで稽古をするのか」

「まさか、そんなことはしない」

「じゃあ、なんのために？」

「ここで決闘をする。お前と」

「なんだって!?」

「そんなに驚くようなことか」

「そりゃ、驚くさ、俺の異名を知っているだろう？」

「王虎師団の鬼神だっけ」

「その通りだ。俺はこの大剣で多くの兵を倒してきた。そんな俺と決闘しても勝てるわけがないだろう」

「だが、決闘で俺が勝てばお前も決心しやすくなるんじゃないか、姫様の部下になる」

「――勝つ気でいるのか」

「当たり前だ。やるからには勝つ、それに姫様にはおまえが必要だ」

と言うと俺は壁に立てかけられていたショートソードを取る。

それを見て興味深げに尋ねてくる。

「ほう、長物ではなく、ショートソードを選んだか。刀やロングソードがあるなか、どうしてそれを選んだ」

「単純な話だ。俺は剣術の心得がないからな。素人でも扱いやすい剣を選んだ」

「賢明だな。俺に勝負を挑むこと以外は」

ヴィクトールは断言すると、闘技場の中央に向かった。どうやら勝負してくれるようだ。

「お前の思惑に乗せられてやる。ただし、手加減はしない。寸止めするが、万が一、死んでも恨むなよ」

「それはこちらも同じだ。素人だから手加減はできない。ぶっ刺されても文句は言うな」

「素人に刺されるかよ」

と言うとヴィクトールは懐からコインを取り出した。それを指ではじくと、地面に落ちる。

それが決闘開始の合図となった。

鬼神ヴィクトール、そのあだ名は身の丈ほどの大剣を振り回し、敵軍を蹴散らしてきたことに由来する。

普通、身の丈ほどの大剣を武器にするものの動きは遅いというのが常識であるが、鬼神ヴィクトールにはそのような常識は当てはまらない。

彼は疾風のような速度で俺の懐に入ると、小枝でも振るうかのように大剣を振り下ろす。

俺はそれをショートソードで受け流すが、素人の俺が一撃目に耐えられたのには理由がある。

まずは魔法で反射神経と身体能力を強化していたこと。俺の身体は青白いオーラをまとい、目も魔法によって光っていた。

もうひとつは敵の攻撃を受け止めるのではなく、受け流したことだ。

いくら魔法で強化しても、大剣をショートソードで受けることはできない。一撃で破壊されてしまうだろう。

だから俺は大剣の力をいなし、軌道を変えることで避けた。

その判断、俺の手際を見て、ヴィクトールは賞賛する。

「見事だ、さすがに決闘を挑むだけはある」

「魔法で身体強化は卑怯と思ったが、そこは批難しないのか?」

「猫はひっかく、犬はかみつく、それぞれに喧嘩の仕方がある」

「なるほど、魔術師は魔法を使えってことだな」

「そうだ。ただし、詠唱などさせないがな」

と言うとその宣言通り、矢継ぎ早に攻撃してくる。

詠唱どころか、溜めの隙さえ与えてくれない連続技であった。

見事な技で、改めてこの男を部下に加えたい、と思った。

それはヴィクトールも同じようで、すでに彼の心は俺のもとにあった。

この決闘に勝てば喜んで麾下に加わってくれるだろう。

――ただ、手加減をして負けるつもりはなさそうだが。

そちらがそのつもりならば、こちらも全力を出すだけだった。

俺は見よう見まねの剣術で相手に対抗しながら、わずかばかりの隙を作らせることに尽力する。

本当にわずかな隙でいいのだ。魔法を一小節唱えられるほどの隙でよかった。

俺はなんとかその隙を作ると左手に火球を作り、それを相手に投げつける。

ヴィクトールは火球を避けるような真似はせず、大剣を構えている。どうやらあれで真っ二つにする気のようだ。

そんな化け物じみたことできるはずがない、と言いたいところだが、この男ならばなんなくやってみせるだろう、と思った。

事実、ヴィクトールは俺の火球を真っ二つにし、綺麗に切り裂く。

ふたつに分けられた火球は、そのまま彼の両脇で爆発し、爆炎が上がる。

「やるじゃないか、ヴィクトール」

「お前もな、あの一瞬でよくぞ魔法を放った」

「ああ、しかし、炎は斬れても氷は斬れるかな?」

すでに第二撃目を準備している俺、左手には槍状の氷があった。

「アイスランスか、小賢しい」

「魔術師だからな、賢しいに決まっている」

と言うと俺はアイスランスを投げつける。

先ほどの火球と同じような速度だ。ヴィクトールならば避けることができるかもしれないが、彼は避けることなく、氷の槍も切り裂いた。

俺の挑発が功を奏したようだが、それが彼の敗因となった。

見事に切り裂かれる氷の槍であるが、ふたつに切り裂かれた氷の槍は、いまだ燃え上がっている炎へと突っ込む。

ここで幼年学校で習う知識を披露するが、氷は溶けるとなにになるだろうか？　無論、答えは水である。さらにその水を熱すればどうなるか？　そう、水蒸気になる。

激しく燃え上がる炎に突っ込んだ氷の槍は瞬く間に水蒸気になるとヴィクトールの視界を塞ぐ。

つまり魔術師の俺に対し、いくらでも呪文を詠唱する時間を与える、ということだった。

それは最強の魔術師に対して絶対にしてはならないことであった。

俺は水蒸気の影に隠れると、ゆっくりと呪文を詠唱した。

†

小細工によって水蒸気を発生させた俺、ヴィクトールは多少困惑したものの、歴戦の勇者らしく、すぐに反撃してくる。

ただ、彼の攻撃はすべて無効化させるが。

ヴィクトールは、俺がいるだろうと思われるところに大剣を振り回すが、虚しく空を切るだけだった。

魔法によってあらゆる角度から声が聞こえるようにすると、さらにヴィクトールを迷わせる。


「そこじゃない」

「おしいな」

「女相手にもそんなにまごつくのかな」


と相手を挑発するが、堪忍袋の緒が切れたヴィクトールは荒技に出る。

大剣を大きく振りかぶって、地面に叩き付けたのだ。

闘技場の中心に轟音(ごうおん)が響き渡る。

ボゴォ！

と闘技場の中心に巨大な穴、クレーターができあがる。

その爆風によって水蒸気は霧散する。

すると俺の居場所がはっきりと浮かび上がる。闘技場の端で小賢しく惑わせていたのがばれてしまった。

俺を見つけたヴィクトールはにやり、と笑いながら俺に斬り掛かってくる。さすがは歴戦の勇者だ。手際がいい。

ヴィクトールは大振りに大剣を振り上げると、それを容赦なく振り下ろした。

途中、

「あ、やべ、本気で斬っちまった」

と漏れ出る。

どうやら興奮しすぎて寸止めを忘れていたようだ。

俺は見事に切り裂かれるが、それは幻術だった。

ヴィクトールが斬ったのは俺の残像だったのだ。

「それは残像だから気にしなくていい」

そう言うと俺は彼の背後に回り込み、首もとにショートソードを突きつける。

「チェックメイトと考えていいかな？」

そう言うとヴィクトールは潔く大剣を手放した。

「ああ、それでいい。お前の勝ちだ」

「ありがたい。搦め手を使って勝ったが、勝利と認めてくれるかね」

「もちろんだ。今日からあんたが俺のボスだ」

そう言うとヴィクトールは俺に右手を差し出してきた。

握手をしよう、ということなのだろう。

無論、断る理由はない。

ヴィクトールと力強い握手を交わす。

想像通り、ヴィクトールの右腕はごつごつとしていた。

やはりこのような大剣を振るうには相当の鍛錬がいるのだろう。

彼の体つき、拳はそれを物語っていた。


さて、このようにヴィクトールという頼りになる大剣使いを手に入れた俺であるが、そのことを姫様に報告すると、彼女は小躍りしそうなくらい喜んでくれた。

「ヴィクトール少尉のような英傑、それにレオン様のような軍師を手に入れたことはわたくしにとって最高の名誉であり、最高の幸せでございます」

と微笑んだ。

その笑顔を見ればどのように無骨な男も惚(ほ)れてしまうことだろう。

事実、ヴィクトールは顔を軽く染め上げていた。

彼は俺を肘で小突く。

「お姫様にはフィアンセかなにかいるのかい?」

「さて、それは知らないが、お姫様は知的な男が好きだそうだ」

「算数は得意だぞ、俺は」

「九八×三＋八は？」

「数学は苦手なんだ。一〇本の指で計算できる範囲で出題してくれ」

「………………」

やれやれ、知的な男ね、と溜め息を漏らしていると、メイドのクロエが参戦してくる。

「ヴィクトール様、姫様の麾下に入ってくださることは感謝いたしますが、姫様を女性として好きになっても無駄であると忠告させて頂きます」

「……んなこた分かってるよ」

不機嫌に返答するが、でも、なんでだ？　と言う。

「それは姫様が愛しているのはレオン様だけだからです。他の男などカトンボにしか見えないでしょう」

「なんだ、姫様はすでにレオンの女なのか」

残念そうに言うが、それは誇大広告の見本であったので訂正する。

「姫様とは手も握ったこともないよ」

「まじか。どっちが本当なんだ？」

クロエは私です、と挙手をする。

「運命の相手に対し、手を握っただの、キスをしただの、そのようなことは些末な問題に過ぎません。姫様は数年後、レオン様の子供をお産みになるでしょう。その事実のみが肝心かと」

「なるほどな。ま、そのときはベビー服でもプレゼントするか」

とヴィクトールはまとめる。

まったく、余計なお世話だ。そう思ったが、ヴィクトールとの面会を果たし、諸業務に戻るため、部屋を去った姫様の顔を思い出す。

将来、彼女の横に誰がいるかは分からなかったが、彼女のために未来を作らなければいけないのはたしかだった。

俺たち三人はそのことを共有すると、早速、姫様に武勲を立てさせる方法を考え始めた。

第四章 天秤師団

†

聖歴一二〇一年六月二一日、鬼神ヴィクトールはその日をもって王虎師団から姫様の旅団に異動する。

書類上の手続き、紙切れ一枚のことであるが、ヴィクトールのような英雄が配下になるのは誠に有り難いことだった。

さて、姫様の旅団にやってきたはいいが、さっそく、ヴィクトールは核心を衝く発言をする。

「ところで姫様の旅団ってなんていうんだ？」

「なんとと申しますと？」

シスレイアはきょとんと返答する。

「いや、そのままの意味だよ。俺のいた師団は王虎師団というが、この旅団には名前があるのかな、と」

「第九旅団という名称があります」

「それは軍の登録名だろう。なにか異名はないのか？」

「異名ですか……」

ふうむ、と、あごに手を添えるシスレイア姫。

「……実は半年前に旅団長になったばかりで、特に異名はないのです」

「ならば俺たちで決めておかないか？　こういうものは早めに決めておいたほうがいい」

「そうなんですか？」

「そうだ。師団になったときは正式に異名が決まるし、そのとき慌てて考えてもすでにダサい呼称が定着していることもままある」

先日、光速の異名を持つ旅団が師団に昇格し、光速師団、と名付けられたことを引き合いに出す。

「……たしかに不格好ですね」

そう思ったシスレイアは俺の方を向く。

「レオン様、どうか我が旅団に名前を付けて頂けませんか？」

「名前ねえ」

面倒そうに頭をかくと、乗り気ではない旨を指摘される。

「命名はお嫌いですか」

嫌いではないが、光速師団が少し格好いいと思ってしまった、などとは言い出せないので、嫌いということにしておく。

俺はシスレイアを見つめ返すと、彼女に命名権を譲る。

「この旅団は姫様のものだ。姫様が名前を決めるといい」

それに異論を挟むのはメイドのクロエであるが、彼女は、

「レオン様は自分の子供も奥方に命名させそうです」

と吐息を漏らした。

まあ、その可能性は高いが、あえて沈黙すると、シスレイアがいい名前を思いつくのを待った。

ヴィクトール、クロエ、俺、三人の視線が集まる中、彼女は「うーん」と腕組みをする。

美女が悩ましい顔をするのは絵になるな、と思いながら五分ほど待つと、彼女はぽつりとつぶやいた。

「天秤(てんびん)旅団」

というのはどうでしょうか?

と。

「天秤旅団?」

思わず問い返す。

「……駄目でしょうか?」

上目遣いになる少女。

「いい響きだと思うが、なにか由来はあるのか?」

その言葉にシスレイアは少し得意げになる。

「もちろん、あります」

と言うと、彼女は説明する。

「我が王家には節目節目に『天秤の魔術師』に救われる、という伝承が伝わっているのです」

「ほう、伝承ね。聞いたことがない」

「王家のものだけに伝わる昔話ですから。たしか図書館にも伝承をまとめた本があるはずです」

「今度、読んでみよう。それでその天秤の魔術師とやらはどんな存在なんだ」

彼女は王家を、いえ、この国を救ってくださる、救世主的な存在です、と言う。

彼女は王家に伝わる詩を読み上げる。


そのもの大いなる智恵(ちえ)によってこの世界を照らす。

その智恵によってこの国を救う。その知謀によって大軍を司(つかさど)る。

そのものの名は天秤の魔術師。

善と悪の調和をもたらし、この世界の調停者となる。


それがシスレイアの知っている伝承だった。

それを聞いたヴィクトールは思い出した、と言う。

「ばあさんに聞いたことがある。何百年かに一度現れる伝説的な魔術師がいるって」

「それがレオン様です」

シスレイアはそう言い切るが、それは大げさなような。

俺ごときがどうあがいても、世界を照らすことなどできないと思うが。

まあ、ここで強く抗弁するのはなんなので、否定はしないが。

「それでは我が旅団の名称はその天秤の魔術師にちなんで天秤旅団にしましょうか」

シスレイアはそうまとめるが、彼女がそれでいいのならばそれでよかった。

元々、名称に拘りはないのである。


このような経緯で決まった旅団名であるが、天秤旅団はやがて天秤師団となる。

そしてその師団はこの国を改革し、世界さえも変えていく力を得るのだが、それは未来の話であった。――ただ、そう遠い未来ではなかったが。

†

天秤旅団、その名称が軍部に正式に受理されると、それを笑う存在がいた。

この国の第二王子であるケーリッヒである。

「我が妹ながら夢見がちな名前を付ける」

と大いにシスレイアの命名を笑った。

「伝説の天秤の魔術師にあやかったのだろうが、妹が付き従えているやつらはなんだ。図書館で司書をしていたボンクラと、同僚を斬り殺した狂犬だけではないか」

それにあまたの老兵もいます、とはケーリッヒ殿下の近習の言葉らしいが、その場で聞いたわけではないので真偽は不明だ。

要は馬鹿にされているわけであるが、まあ、一国の王子、皇位継承権第二位の権力者から見ればそれは仕方ないことか。

ケーリッヒは軍部にもそれなりの力を持ち、その階級は大将だった。三つの師団を動かせる権力を持っているのだ。たかが旅団規模、それも敗残兵の寄せ集めの軍隊しか持たない妹など、小馬鹿にする対象でしかないのだろう。

などと冷静に分析していると、メイドのクロエが頬袋を膨らませる。

「レオン様は酷いです。あなたさまはどちらの味方なのでしょうか」

「無論、姫様だ」

「ならばもっと言い返してください。おひいさまが愚弄されているのですよ」

「互いの声の届かないところで言い合っても仕方ない。それにボンクラと狂犬と老兵の集まりというのは事実だ。反論しようがない」

誰が狂犬だ、とはヴィクトールの言葉だが、そのヴィクトールもボンクラと老兵というところは否定しなかった。

「図書館での俺のあだ名は給料泥棒だからな。ケーリッヒにも伝わっているのだろう。しかし、それでいい。今、やつにこちらのことを警戒されれば、厄介だからな」

「……たしかにそれはあるかもしれません。先日もケーリッヒの手下によっておひいさまは窮地に立たされました」

第八歩兵部隊孤立事件のことを指しているのだろう。第二王子ケーリッヒの策略によってシスレイアは孤立させられ、危うく戦死しそうになったのだ。

「ですが、レオン様はその窮地も華麗に救ってくれました。レオン様がいる限り、兄上を寄せ付ける心配はないと思っています」

「まあ、どんな状況だろうが君を守るよ」

そうさりげなく言うと、ヴィクトールとクロエは、にんまりと俺の顔を見る。

「レオン様はさりげなく女を殺す台詞を吐きます」

「レオンは天性の女たらしだな」

連携するふたり、男女を見ればはやし立てるメンタリティはその辺の学生と変わらないな、と呆れると自分の考えを披瀝した。

「今も言ったが、敵が俺たちを舐めてくれるのは僥倖だ。こちらが育つまでの時間をくれるということだからな」

「兄上が本腰を入れて干渉してくる前に天秤旅団を拡張するのですね」

「そうだ。いくつもの戦争に参加し、武勲を打ち立てる。姫様の階級を上げて、ケーリッヒに対抗できるようにする」

「どうせなら元帥まで昇進させて、腐った軍部を改革してくれ」

「それも悪くない」

とは俺の言葉だった。

「ともかく、近日、行われるであろう戦争に勝ち、准将から少将に出世してもらおうか。さすれば軍を師団規模に拡張できる」

「そのためには前線に派遣されなくてはいけませんね」

「そうだ。ま、それは手を打ってある」

そう言い切ると、周囲の視線が俺に集まるが、俺は自分が施した謀略には一言も触れなかった。

†

エルニア王国の指導者はエルニア、ということになっているが、シスレイアの父である王は、今、病に伏せていた。

なのでこの国の運営は、三人の幹部の合議によって行われていた。

ひとりは王国宰相のバルトニア侯爵。

もうひとりは王国陸軍の司令長官、マクレンガー元帥。

三人目は皇太子であるマキシスである。

彼らが共同して国政を司っていたが、宰相と司令長官と皇太子が仲睦(むつ)まじかった、という歴史はこの国にはない。

三人は顔を突き合わせるといつも不機嫌になった。

——不機嫌にはなったが、さすがはそれぞれの分野の重鎮、殴り合いの喧嘩(けんか)になったり、互いに互いを無視したりするということはなかった。

今日もそれぞれの立場を代表して国政を論じ合う。

まずは王国宰相のバルトニアが、国民に対する課税を緩めるように進言する。

その進言は当然、マクレンガー元帥によってはばまれる。

「減税などとんでもない。ただでさえ軍の予算が減っているのだ。減税などしたら新兵器の購入もままならない」

新兵器とは最近、流行しつつある鉄砲のことである。

魔法が戦場の花形であるこの世界にも、「火薬を使った武器」の波は着実にやってきていた。

「銃で武装した兵士を増やせば、戦場の魔術師を減らせるという試算もあるが」

減った分を「医療」や「建設」などに回せば、国力が豊かになる、というのがバルトニアの思い描くところである。ただ保守的な軍人がそのような論法を信じるわけがなかった。

「前例のないことをして、国力が減ったらどうする。アストリア帝国の思うつぼぞ」

その一点張りで、減税などとんでもない、を繰り返すだけだった。

むしろ増税すべきだという論調を繰り出す。

バルトニアは、心の中で（……この戦争屋め）となじったが、それ以上、意見を主張しなかった。

議題が内政から戦争へと変わる。

「今現在、我がエルニア王国の東側の一部はアストリア帝国に占領されている。神聖にして不可侵な国王陛下の領土が敵に侵されているのだ」

「忌まわしき事態よな」

バルトニアは心を込めずに言う。マクレンガーの次の言葉は想像がつくからだ。

「このままでは国の威信が保てない。国土奪還の軍隊を派遣すべきだ」

やはりそうきたか、バルトニアは呆れたが、反論する前に皇太子のマキシスを見る。

彼も軍事行動に賛成かを見極めようとしたのだが、特に意見はないようだった。

最近、お気に入りの高級娼婦がいる、という話は本当のようである。この男は女に夢中なときは国政に口を出さないのである。

まったく、国政と女を天秤にかけてほしくなかったが、天性の無能である皇太子があれこれ口を出すよりもましだと思ったバルトニアは、マクレンガーの出征論に同調した。

「まったく、お前はまた反対か、いくら勇気がないとはいえ、度が過ぎる慎重論も……」

マクレンガー元帥の言葉が途中で止まったのは、バルトニアの言葉が意外なものだったからだ。よくよく聞くと彼は反対ではなく、賛成してきたのだ。

「……な、賛成だと？　お前が賛成するのか、珍しい」

「ああ、どのみち、国土は奪還せねばならないしな」

「そうか、やっと勇気と義侠心に目覚めたか、それはよいことだ」

マクレンガーは心底嬉しそうに言うと、国土奪還の司令官は誰にしようか、と、つぶやき始める。

それを聞いたバルトニアはこう言う。

「出征は認めるが、送り出せる軍隊は旅団ひとつだ」

「な、馬鹿な」

その言葉を聞いたマクレンガーはさすがに怒る。

「占領地は敵の要地になっている。城塞化されているのだぞ」

「らしいな」

「攻略には数万の兵が必要という試算がある。その中でたったの数百人の旅団に攻略せよ、というのか」

「そうだ。今年の予算ではそれが限界だ」

バルトニアはそう言うと、予算編成の紙を差し出す。たしかに予算は真っ赤っかだった。遠征費などとても出せそうにない。

こうなってくるとマクレンガーとしては対抗心が湧くか、やる気がそがれるかのどちらかなのだが、バルトニアはそのことを知悉していたので、最新鋭の銃を一〇〇丁、軍に納入する予算を組むことで手打ちにした。

妥協案を無理矢理飲まされた形のマクレンガーだが、まあ、銃が手に入るのはいいことだ、と諦めると、そのまま宰相府をあとにする。

馬車の中で銃を配備する師団を見繕うが、途中、従者が口を挟む。

「会議の上で遠征が決まりました。玉砕覚悟で占領地に向かわせないといけませんが、どの旅団に白羽の矢を立てましょうか？」

「そういえばそうだった。形の上だけでも派遣しないとな」

会議で決まったことは杓子定規に守らなければいけないのだ。自分でもお役所仕事だと思うが、マクレンガーは従者に尋ねた。

「お前はどの部隊を派遣するのがいいと思う？」

従者はうやうやしく頭を下げる。

「それならばシスレイア王女率いる天秤旅団がよろしいかと」

「最近、組織されたというあれだな」

「はい」

「しかし、仮にも王女の部隊を死地に向かわせるわけにはいかないだろう」

「まったくもってその通りですが、こう考えることもできます。万が一、王女が占領地の奪還に成功すれば、それはマクレンガー元帥の手柄となります」

「当然だな、俺が抜擢（ばってき）したのだから」

「仮にもし、王女が失敗してもそれは当たり前のこと。閣下の名声には傷が付きません」

「ふむ、たしかに」

「たとえ戦死したとしても、怒るものもおりますまい。王女の生母はすでにおりません。逆に折り合いの悪いケーリッヒ殿下などは喜ぶことでしょう」

次期国王になる可能性のあるものに媚（こ）びを売るのは悪くない、従者は言外に匂わせていたが、マクレンガーとしては悪い話ではなかった。

「……ふむ、成功しようが、失敗しようが、どうにでもなるのか。うむ、いいだろう」

マクレンガーはそう言うと、天秤旅団を任務に抜擢する旨を伝えた。

それを聞いた従者はうやうやしく頭を下げた。

このようにして天秤旅団の初陣が決まったが、これは偶然ではなかった。

俺はバルトニアの秘書官として潜り込ませていた男から情報を得ていたのだ。

それによって会議で出兵論が議題に上がることを知り、マクレンガーの従者と連絡を取った。彼には多額の賄賂を渡し、主（あるじ）に先ほどの進言をするようにそそのかしたのだ。

王国の首脳部は俺の手のひらで踊ってくれたわけだ。

それは痛快なことであったが、このことはメイドであるクロエしか知らなかった。

俺が悪辣な策略家であることはシスレイアには知られたくなかった。

ただ、作戦が成功しても、クロエは半信半疑だった。

「レオン様のおっしゃるとおりに間諜を使い、首脳部を使嗾しましたが、本当に天秤旅団だけでことを構えるのですか？　敵の陣地は強固と聞きましたが」

「それなら心配しないでくれ。俺が姫様を危険な目に遭わせるわけがないだろう。必ず姫様に武勲を立てさせ、出世させてみせる」

俺の言葉を信じてくれたのだろうか、それとも俺の真剣な表情を気にいってくれたのだろうか、それは分からなかったが、彼女は美味しい紅茶を注ぐことで俺をねぎらってくれた。

美人のメイドが淹れてくれる熱い紅茶は、自分が淹れるそれよりも二倍くらい美味しかった。

†

エルニア王国の東部。マコーレ地方と呼ばれる場所は、数年前からアストリア帝国の占領地である。

諸王同盟との会戦に勝ったアストリア帝国が武力制圧した地であった。

帝国はそこを恒久的な領地とするため、要塞を築き上げていた。マコーレ要塞といわれる堅牢な城壁を築き上げていたのだ。

昨年、提出された軍事白書には、その要塞を攻略するには少なくとも数万の兵が必要という報告があった。

ひとつの師団は三〇〇〇～一〇〇〇〇の兵で構成されるから、二～三個師団なければ話にならないのである。

それをたったの一旅団で占領しろというのは無茶な話だった。

「まったく、軍の上層部もだが、レオンの旦那も気が狂ってるとしか思えない」

俺が間諜を使ってまでこの任務を引き受けた、と言ったら、どんな顔をするだろうか。

気になるが、沈黙によって節度を守ると、旅団の兵たちに、マコーレ要塞攻略の概要を伝える。

皆、一様に無理だと言ったが、一部の兵だけは俺を信用してくれた。旧第八歩兵部隊と姫様の昔からの直臣たちである。

彼らは俺がたった三〇の兵で三〇〇の兵を追い払ったことを覚えているのだ。

「あのときは一〇倍の兵を倒しましたが、今現在の旅団の数は八〇〇。敵軍は五〇〇〇ほどですから、戦力比でいえばあのときよりはましです」

「ひとり頭六・二五人殺せばいいんだな、楽勝よ」

「また奇跡を見せてください、レオン様」

そのような温かい言葉を掛けてくれた。

有り難い限りであるが、俺は事前の準備を怠らない。

「まずはアストリア帝国軍の士官の制服を用意してくれ」

部下に命じると数日で用意してくれた。かつて捕虜にした敵軍の士官から奪ったものである。

ちなみにアストリア軍は財政的に余裕があるので士官の服が無料で提供される。一方、エルニアは自腹だ。その代わり各自好きな服を着てもいいことになっている。(もっとも皆、判で押したかのような同じデザインを発注するが)

俺としては支給のほうが羨ましいのだが、ヴィクトールなどは制服などとんでもないと言う。

「士官学校の先公を殴って首になったからな、俺は。規律とは無縁よ」

たしかにそのような男に制服など似合わないだろうが、今回ばかりは着てもらう。

「マコーレ要塞を落とすのにはこの制服が有効だからな」

「要塞は女と同じかな、制服姿に弱い」

微妙な言葉を述べると、ヴィクトールは俺の作戦を大体了承してくれた。

「おれを内部に侵入させて敵将を捕らえる作戦だな」

「その通りだ。寡兵で勝つにはそれしかない」

「いい案だと思うが、いったいどうやって?」

と問うてくる。

「ま、それは実際に行ってからのお楽しみだ」

そう言うと俺たちは旅団を率いて、東部のマコーレ要塞へと向かった。


マコーレ要塞。

そこを守るのはライゼッハ将軍であるが、彼に弱点があるとすれば、それは短気なところだった。

今日も床にフォークを落とした召使いをその場で解雇していた。

彼には身重の妻と育ち盛りの子供がいるが、そんなことはお構いなしである。即行で解雇し、砦(とりで)を追い出した。

さらに彼は部下にも気前がよくない。

本人は毎日、肉汁したたるステーキを食しているのに、幕僚たちには質素な食事を強いる。肉の入ったスープがでればざわめきが起こるほど、部下に倹約を強いた。

ちなみに軍上層部では毎日、部下に肉を振る舞っていることになっている。その差額はライゼッハ将軍の第二の財布となっているわけであるが、彼はその財布で美人の秘書官と看護婦を雇っている。彼女たちと一日、寝室で過ごしているのだ。

戦場でそのような振る舞いをすれば、人望を失うが、幸いなことにこのマコーレ要塞には立派な城塞があった。

諸王同盟の侵攻を三度もはねのけた要塞は、その要塞の主の人格が劣っていてもどうにでもしてしまうくらい強固なのである。

ゆえに砦の兵たちはなかば司令官などいなくてもいいと思っていた。砦さえあれば敵軍の攻撃を跳ね返せると思っていたのだ。

だからだろうか、砦の中は最前線独特の緊張感がない。

見慣れぬものを誰何する習慣もないようだ。

帝国軍士官の格好をしたヴィクトールはなかば呆れながら要塞の内部に進んだが、それでも緊張はしていた。

(……ここまではレオンの言ったとおりに物事が進んでいる。しかしわずかな兵で要塞を占領するにはこいつらをいったん外に追い出さないといけないぞ)

無論、レオン本人に届くわけはないが、それでもヴィクトールはレオンが次のアクションを起こすのを待った。

レオンならばこの無茶な作戦も成功させると思っているのだ。


同時刻――。

要塞の外。そこには八〇〇近い兵を率いたお姫様がいた。

彼女は馬に乗り、遠くにある要塞を見つめている。

シスレイア姫は俺に語り掛ける。

「……本当にこのようなことをしてよかったのでしょうか」

「このようなこととは、こんな無茶な作戦のことか？」

彼女はゆっくりと首を横に振る。

「レオン様の作戦は常に成功すると思っています。問題なのはこの銃です」

彼女の視線の先には一〇〇丁の銃があった。

「これな」

俺は戯けながら言う。

「ちょっと書類を偽装して、我が部隊に配備されるようにした。司書時代に文書偽造の達人と知り合ってな。上司や同僚が誤って紛失した古書の複製をよく依頼していた」

「……マクレンガー元帥は怒りませんか？」

「怒るだろうが、後の祭りだよ。そもそも、こんな兵数で砦を落とせというのが狂ってる。武器くらい供与されて当然だ。バルトニア宰相から一〇〇丁の最新式銃を供与されたというし、古いやつは俺がもらっても問題はないだろう」

そう言い切ると、遥か西方にある王都の元帥府からくしゃみが聞こえたような気がした。

「ま、強引に借り受けたのは悪いと思うが、借り受けたからにはせいぜい有効活用させてもらう」

と言うと俺は要塞の前に塹壕を掘り、柵を立てる。

そこに銃を持った兵士を配置する。

その部隊を三つに分ける。

「三つに分けた意図はあるのでしょうか？」

「あるさ、レオン・フォン・アルマーシュのやることにはすべて意味がある」

そう言うと俺は姫様に片目をつぶってみせる。

彼女を安心させるためにした行為だが、少しキザすぎるかな、とも思った。

†

俺が部隊を三つに分けたのは、理由がある。

ひとつは少ない鉄砲を有効に使うためである。

この世界の鉄砲は、先込式と呼ばれる火打ち石製の銃が主流だった。

強力な武器であるが、弾を込めるのに時間が掛かる。

そのため連射できないのが玉に瑕だった。

その弱点を克服した銃が帝国で開発されたという情報もあるが、まだエルニアでは普及していなかった。

というわけで、この銃を使って戦わないといけないのだが、俺は常日頃から銃による戦闘を検証していた。

先に込めないといけないのは仕様上仕方ない。しかし、もっと効率的に銃を使う方法があるのではないか。

そう思っていた。

俺はその効率的な方法を知っている、とある武将の名を口にする。

「オダノブナガ」

俺の師匠が研究していた異世界の戦国武将の名前である。

彼は日本の戦国時代という戦乱の時代を制した覇者だった。

彼は長篠(ながしの)というところの戦いで、「鉄砲の三段撃ち」なるものを考案し、タケダカツヨリという勇猛な指揮官が率いる騎馬軍団を壊滅させた。

俺はその故事をこの世界でも使いたいと思っていたのだ。

「三段撃ちですか?」

「そうだ。簡単に言うと、鉄砲隊を三列に並べ、一度撃ったら後方に下がり、弾を込める。その間、後方の列の兵が前方に出て弾を浴びせる。そして後方に下がり弾を込める、を繰り返すのさ」

「意外と単純ですね」

「だが効果絶大だ」

と言うとさっそく敵軍が襲いかかってくる。

俺は右手を挙げて、できるだけ敵軍を引きつけろ、と命令する。

鉄砲の射程距離はそれなりにあるが、この型式の銃は命中精度が悪い。できるだけ引きつけてから攻撃したかった。

ぎりぎりのぎりぎり、吐息が聞こえそうな距離まで引きつけると、俺は右手を振り下ろす。

放たれる鉄砲。爆音が辺りを包み込むが、その音が止むと、多数の敵兵が倒れていた。

その光景を見てつぶやく。

「ほう、やはり銃は使えるではないか」

魔法が発達したこの世界。銃は三流と思われているが、やはり強力な兵器であることには変わりなかった。

魔法使いが少ないこの天秤旅団のような零細旅団にはちょうどいい武器のように思える。

「もしも俺が大元帥になったら、銃の装備率をもっと上げたいな」

そんなことをつぶやきながら、第二射、第三射の指示をするが、俺が放てと言うたびに大量の敵兵が屍となった。

そのように敵軍に対峙していると敵将がいらだっているのが分かる。

まさかこのような寡兵に苦戦するとは思っていなかったのだろう。

後方で一際大きな声で兵士を罵倒している将軍の言葉を魔法で聞き取る。

「あのような青二才にいいようにやられおって」

「敵軍が銃を使うならば、こちらは魔術師を展開させよ」

「なんなら『魔物』を召喚しても構わないぞ」


そうわめき散らしている。

魔術師はともかく、魔物は厄介だと思った。

ちなみにこの世界には魔物が存在する。

古代より人間と敵対してきた化け物だ。

アストリア帝国はその化け物どもを使役する術を知っているのだ。

一方、聖教会に所属する諸王同盟は魔物を使役するのを禁忌としている。

それがふたつの勢力の国力差、勢力圏の差になっているような気がするのだが、さすがに我が国も魔物を使役しようとは言えなかった。

そもそも使役する方法を知らない。

そう自分の中で完結していると、敵兵は早速魔物を出してきた。

有翼の鬼のような姿をした集団が空中から迫ってくる。

彼らは空高く飛び、銃の一撃を避けると、そのまま我々の後方に降り立つ。

そこから攻撃を加えてくる。

彼らの名はガーゴイル。黒いかぎ爪を持った化け物たちだ。

彼らはそのかぎ爪を使って容赦なく、我が陣を切り裂いてくる。

後方と前方、両方から攻められた我が旅団は不利になるが、俺はこれも想定済みだった。

残していた遊撃部隊を率いる。

「姫様、これからガーゴイル退治に出掛けるが、三段撃ち部隊を任せていいか？」

彼女はこくりとうなずくと、部隊を指揮し始める。

戦乙女のように雄壮な姫様の姿に安堵（あんど）すると、俺は遊撃部隊を率いて、ガーゴイル討伐に向かった。

ガーゴイルの数は三〇ほどであるが、魔物は強力なため、侮れない数であった。

また翼を持ち、敵軍の後方に付く部隊の存在は強力である。

「もしも俺がガーゴイル部隊を使えるならば、ライゼッハ将軍の首など、すぐにとってくるのにな」

しかし、ないものは嘆いても仕方ない。敵に有効活用される前に倒していく。

魔術師用の杖（つえ）に力を込めると、敵のかぎ爪を受け止め、そのままガーゴイルに突き刺す。

ぐぎゃ、と真っ黒な血を流すガーゴイルに言い放つ。

「雄壮なる天秤旅団の諸君よ、見たか、どのように強力な悪魔も突き刺せば血を流す。諸君らの剣で、槍（やり）で、この悪魔たちを突き殺してやれ」

俺の演説が効いたのか、遊撃部隊は雄壮に突撃を始める。

それを見ながら戦闘をし、頼りないと思った味方には《強化(バフ)》を掛ける。身体能力を増強する。逆に強力なガーゴイルには《弱体化(デバフ)》の魔法を掛ける。

そのように面倒なことをしなくても俺が魔法で直接倒せばいいじゃないか、という苦言をもらいそうだったが、兵を働かせるのには理由がある。

この旅団は新設されたばかりで老兵と新兵が多いのだ。

老兵には銃を持たせるとしても、なんの経験もない新兵にはできるだけ多くの経験をさせたかった。

魔物だろうが、騎士だろうが、恐れをなさない根性がほしかった。

なのでこのように戦わせているわけだが、俺の策略は成功しつつあった。

新兵たちは次々とガーゴイルを討ち取っていく。

彼らは新兵を卒業する機会を得ることができたのだ。

ガーゴイルを駆逐すると、新兵たちは素直に喜び、俺の采配を賞賛してくれた。

「さすがは天秤の軍師様です」

それは作戦が成功したときに言ってほしい、と言うと俺は作戦の仕上げに入った。

戦場に花火を打ち上げるのである。

その花火を打ち上げる条件はふたつ。

マコーレ要塞の城兵がすべて出てきたとき。

それと、そのマコーレ要塞に敵将が退却した瞬間であった。

敵将ライゼッハは戦況不利と思ったのだろう、自分だけ要塞に帰る。

このような戦場で戦死したくないと思ったのだろう、部下を置いてひとり戻るが、それがやつの敗因となった。

城に戻った途端、敵軍の士官服を着ていたヴィクトールに捕縛されたのである。

城に戻ったライゼッハは多くの護衛に囲まれていたが、鬼神ヴィクトールはわずかな手勢でそれらを蹴散らすと、ライゼッハを捕縛した。

ヴィクトールの報告用花火でそのことを知ると、俺は敵軍に勧告した。

「見ただろう！　貴殿らは俺の戦術の前に手も足も出なかった。そして貴殿らの主は諸君らを捨て、要塞に戻ったところを捕縛した。つまり、諸君らの負けということだ。これ以上、帝国軍に義理を果たすのは結構だが、生きたいものは降伏、または撤退を勧める」

親からもらった生命を大事にしろ、と締めくくる。

その言葉を聞いた帝国軍の兵士は、蒼白(そうはく)となる。

三段撃ちを繰り出し、ガーゴイルの奇襲をはね除(の)けただけでも厄介なのに、自分たちの大将まで捕縛されてしまったとあれば、敵軍もどうしようもなかった。

近代的な軍隊は統率が取れているが、その分、指揮官を失うとなにもできないのである。

このようにしてマコーレ要塞に駐屯していた五〇〇〇の兵は撤退を始めた。

つまり俺はたったの八〇〇の兵で難攻不落と謳（うた）われた敵軍の要塞を落とし、敵軍に奪われた占領地を奪還したのである。

それは一言で言えば英雄的な活躍であった。

天秤旅団の将兵は大声で歓喜の雄叫（おたけ）びを上げる。


「我が天秤旅団は最強だ！」

「シスレイア姫に祝福あれ！」

「天秤の魔術師に栄光あれ！」


歓喜の声はいつまでも続く。

俺と姫様がマコーレ要塞に入城してからもしばらくは途絶えることがなかった。

†

難攻不落と思われたマコーレ要塞を落とし、敵に占領されていた領地の一部を取り戻した俺たち。

一週間ほど要塞に滞在すると、負傷者の手当や敵軍の捕虜などの処置を決定する。

その間、お姫様は決裁などで多忙を極めた。

それを見てヴィクトールは皮肉気味に言う。

「……普通、書類決裁は文官の仕事じゃないのか」

俺のことを胡散臭(うさんくさ)げに見る。

「らしいな。しかし、俺は武官だ」

「都合の良いときだけ武官か」

「そうだよ。ま、それは冗談だが、姫様と契約していてね。七面倒くさいことはすべてわたくしが引き受けるから、レオン様は戦略と戦術だけを、国家百年の計だけをお考えください、と」

「なるほどな。ま、お前さんほどの男を書類決裁に充てるのは勿体(もったい)ないか。エルニア王国で、いや、諸王同盟全体でもお前さんのように優秀な軍師はいない」

「お褒めにあずかり光栄だ」

「ただ、王都に戻ってからのスピーチくらいは考えておいたほうがいいぜ」

「スピーチ？　なんのことだ」

「王都に帰れば俺たちは救国の英雄だ。たった一旅団で敵の要塞を奪い、領土を奪還したのだから」

「ああ、そうか、たしかにマスコミの取材攻勢に遭いそうだ」

「取材用の衣服を購入し、気取った文句でも考えておけ」

「有り難い忠告だが、取材は受けない」

「なんだって!?」

「そんなに驚くことか？」

「驚くよ、取材を受けないなど有り得ないだろう」

「あり得るよ。そもそも俺は影の軍師だからな、目立っちゃいけない」

「旅団内ではお前の名を知らぬものはいないだろう」

「ああ、彼らには信頼してもらわないといけないからな。しかし、対外的、世間的にはそうではない」

「と言うと？」

「世間からは俺という人間がすごいというよりも、姫様がすごいと思われたほうがいいってことさ」

つまり、と続ける。

「これから俺たちは姫様を担いで軍部を、いや、この国を改革していくんだ。その場合、姫様こそ次の女王にふさわしい、と思わせないといけない」

「たしかに」

「そのためには彼女を最強の将軍、国民的英雄だと思わせなければならないんだ」

「一理あるな」

「十理はあるよ。そのためには今回の功績もすべて彼女に渡す。軍上層部、そして世間には、砦攻略の功績はすべて彼女にあると発表する。彼女がこの作戦を立案し、三段撃ちも考案し、ガーゴイルもはね除けた」

「おれを要塞内に忍ばせたのも彼女の発案、か」

「ご名答」

「おれとしてはそれでもいいと思うが姫様はどう思うか」

「姫様は了承済みだよ。あの日の夜から」

スラムの教会で姫様が裸身を晒した日のこと、彼女に忠誠を誓った瞬間を思い出す。

「というわけで、俺は一足早く、王都に戻り、準備をするから、姫様の警護をお願いできるか」

「それは構わないが、王都に戻ってなにをするのだ」

「主要新聞社のインタビューの問答集の作成、国民への声明文、軍部への宣伝工作、などをしてくる」

「忠実だな。給料泥棒とは思えない」

「そのあだ名、気に入っていたのだが、過去のものになるかもな」

と言うと一足先に王都に戻る。

姫様にもらった駿馬であっという間に王都に到着すると、姫様の邸宅に向かう。

そこで俺を迎え入れるのは姫様のメイドだった。

メイド服の少女、クロエはうやうやしく頭を下げる。

「レオン様、お帰りなさいませ。武勲を立てられたそうで」

「ああ、なんとかね」

「姫様より先に帰ってきたのは理由があるのですか」

「あるよ。打ち立てた武勲を何倍にも誇張して、宣伝に利用する」

そう言うだけでクロエは了解してくれたようだ。頭がいい少女である。

「さすがはレオン様です。武勲を立てるだけでなく、その武勲を何倍にも膨らませる」

「まあ、褒めるのは成功してから。取りあえず姫様が帰ってくる前に主要各紙のインタビューを想定した問答集を作る」

「御意」

と言うと紙とペンを持ってきてくれる。

俺はそれをもらうと机に向かう。

うーん、と頭を悩ませながら、記者の聞き心地のいい返答を考える。

「記者は意地悪な方が多いですからね。まずは彼らを味方に付けないと」

「そうだ。意地悪でクズが多いが、その後ろには多くの国民がいる。揚げ足を取られないようにしないとな」

まず質問されるのは、今回の作戦、どうやって思いついたか、であるが、これは姫様の功績にするため、なにかストーリーを用意しておかないと。

「そもそもレオン様、あのような寡兵で要塞を取るなど、どうやって思いついたのですか？」

「俺の師匠筋だよ。正確には師匠に教えてもらった異世界の英雄」

異世界の中国という国にはカンシンと呼ばれる男がいた。

彼は国士無双の将軍と呼称され、古代中国最大の王朝「漢（ハン）」という帝国を打ち立てるのに尽力した名将だった。彼には「背水の陣」と呼ばれる逸話がある。

「背水の陣ですか？」

「そうだ。背水の陣とはわざと自分の陣を川を背に置く陣形だ」

クロエはきょとんとしている。素人には川を背にする危険性が分からないようだ。

丁寧に説明する。

「通常、川を背にするのは兵法に反するんだ。この国の軍事教本にも、兵法書にも書いてある」

「なるほど」

「川を背にすると部隊が自由に動けないし、もうあとがないから将兵がびびるんだ」

「恐怖が伝播（でんぱ）した軍隊はもろいのですね」

「そうだ。しかし、韓信はあえて兵法書を無視し、背水の陣を敷いた」

「意図はあるのですか？」

「もちろんだ。カンシンはわざと背水の陣を敷くことによって、敵軍を誘い込み、別働隊に手薄になった城を落とさせたりしたんだよ」

「まあ、レオン様と同じですね」

「そうだ。俺は彼の戦法を真似（まね）た」

「素晴らしいものまねだと思いますわ」

クロエは和やかに言う。

俺としても古今東西、異世界問わず、参考にすべき人物は参考にすべきだと思っていたので、これからもどんどんものまねしていく所存だった。

クロエはそれを聞いて再び微笑（ほほえ）む。

「その知謀と知識でどうかおひいさまをお導きください」

「分かっているよ」

と言うと引き続き、新聞社用の問答集を考え始めた。

†

戦略などは図書館の兵法書を真似した、と言い張れば問題ないだろう。あとはどや顔で、知的に言い張れば相手は納得するものである。

問題の国民に対するリップサービスなどもそれほど心配していなかった。姫様はデフォルトで国民のことを思っており、わざわざ言葉を飾る必要がないのだ。

インタビューには俺も同席するし、最悪、彼女に魔法で耳打ちもできるので、あまり根を詰めないで、その次の戦略を考える。

「問答のほうは問題ないとして、次は服装だな」

「服装？　でございますか？」

「そうだよ」

「姫様は衣装持ちです。それに美しいのでなにを着ても似合います」

「それは承知だが、マスコミ対策はしたほうがいい」

俺はこれまた異世界の故事を引き合いに出す。

「異世界のアメリカという土地にふたりの大統領候補がいた。ケネディとニクソンという男だ」

「大統領ですか？」

「そうだ。ま、選挙で選ぶ王様だな」

「なるほど」

と言うが民主制度がないこの国出身のクロエはよく分かっていないようだ。姫様が「わたくしが女王になったら、民主主義的な議会を設置したい」と言っていましたが、程度の感想を漏らすだけだった。まあ、概要さえ分かって貰えればいい。

「その大統領候補ふたりは互いに選挙戦を行っていたんだ。情勢は終盤戦まで五分五分だった。しかし、最終的にはケネディが勝った。なんでか分かるか？」

「分かりません」

「若くて見栄えが良かったからだよ。正確には世界初のテレビ討論会というやつをしたのだが、そのとき、ニクソンはテレビ映えしない地味なスーツを着てきてしまった。一方、ケネディはテレビに合う派手なスーツを用意した。さらに彼はメイクまでして自分をよく見せた」

「まあ、殿方がそのようなことを」

「よくやるよ、とは思うけど、まあ、戦略勝ちだな。なにが言いたいかというと、新聞社が来れば写真を撮られるはずだから、新聞に映える衣装を着させたい」

そう言うとメイドのクロエは同意する。

「それでは姫様が帰ってきたら、さっそく、三人で王都一の仕立屋に向かいましょう」

「それじゃ遅い、先にふたりで出向いて、服を仕立てさせないと。お姫様のことだ。体形のデータはあるんだろう」

「ご慧眼(けいがん)です。スリーサイズ、把握しておきますか？」

「いや、やめておこう。顔を合わせたときに意識してしまいそうだ」

シスレイア姫はとてもしなやかで健康的な身体(からだ)を持っている。もしも実際のバストのサイズなどを聞けば、次に再会したとき、確実に胸を凝視する自信があった。

胸を凝視されて喜ぶ女性はいない、と言うとクロエはくすくすと笑う。

「なにがおかしいんだ？」

「いえ、レオン様は軍師として、政治家として、謀略家として最高の存在ですが、男性としては未熟だと思いまして」

「そりゃあ、この歳でも独り身だからな」

「たしかに好きでもない殿方に胸を注目されるのは厭なものですが、好きな殿方には平気なものです。いえ、むしろ、見られたいかも」

「…………」

そういうものなのか、とも言えない俺はたしかに男としての経験値が少ないのだろう。

まあ、ずっと図書館で司書を務め、本を恋人としてきた報いか。

と思ったが、後悔することはない。

本は人を豊かにしてくれるからだ。

心が震える恋愛小説、手に汗握るアクション小説、考えさせられる哲学書、すべてが俺を育ててくれる師だった。それにここ数ヶ月、実行した戦術のすべては本から得た知識が源泉となっていた。

そのことを話すと、クロエは、

「本が恋人なのですね。しかし、いつか生身のおひいさまにも興味を持って頂けると嬉しいです」

と言った。

俺は無言で返答すると、そのままクロエと一緒に王都の目抜き通りにある有名な仕立屋まで向かった。

目抜き通りにある仕立屋、名前を「真実の愛」という。

変わった名前だな、と思っているとその店主も変わりものだった。

男のような女のような不思議な生き物。厚化粧をしているので年齢も分からない。

たぶん、男で年齢は四〇歳くらいだと思うが。

声が野太いし、喉仏がある。やはり男だと思っているとそのものは言った。

「はーい、真実の愛へようこそ。格好いいお兄さんね。あたしのタイプかも」

クロエは俺の尻を触ろうとする店主の前に立ち、和やかに言う。

「お久しぶりです、サムスさん」

「あら、おひいさまのところのメイドちゃんじゃない。相変わらずメイド服が似合っているわね」

「これが仕事着であり、勝負服なのです」

クロエはメイド服のスカートの端を持って挨拶する。

「うんうん、可愛いわ。今度、あたしがメイド服を仕立ててあげようかしら」

「私のお給金ではとてもとても」

「じゃあ、今日はどんな用件できたの？　てっきり、彼氏に服を買ってもらいにきたのかと思ったわ」

俺のことを流し目で見る。

するとクロエは冷静に否定する。

「この方はおひいさまの総合プロデューサーにして未来の旦那様でございます」

「あら、あのおひいさまもついに恋に目覚めたの？」

ふたりが盛り上がっているので、「違うよ」と言った上で握手を求める。仕立屋のサムスの手のひらは想像以上に厚かった。

「俺の名はレオン・フォン・アルマーシュ、宮廷魔術師だ。天秤旅団で軍師をしている。あと図書館司書も」

「あら、彼が噂の軍師様ね」

「俺のことを知っているのか？」

「噂になっているわよ、天秤師団が活躍し始めたのは影の軍師様のおかげだって」

「それは不味いな。全部、姫様の功績にしたいのだが」

「安心なさい。そんな細かい話に通じているのはあたしくらいよ。こんな商売していると色々と情報が耳に入ってくるのよ」

「『彼女』は情報屋なのです。私が情報を集めるとき、よく協力してもらっています」

「なるほどね、しかし、情報の正確性は大丈夫なのかな。天秤旅団は師団じゃないぞ」

「あら、あなた知らないの？　近く、軍部で辞令が発せられるわ。おひいさまは准将から少将に出世よ」

「…………」

まじか、とは驚かなかった。当然、予測していたからだ。驚いたのは辞令の日にちまで把握しているサムスという『男』の情報網だった。たしかに彼は優秀な情報屋らしい。

「まあ、驚くようなことじゃないわよね。たったの一旅団で要塞を落とす、だなんて功績を考えれば二階級特進してもおかしくない」

エルニア陸軍には生者に二階級特進はない、という不文律があり、どのような功績を立てようとも一階級ずつしか昇進できないのである。王族とてその例外ではなかった。

「それでも少将になれば旅団が拡張され、師団になるでしょう。だからあらかじめ師団と言ったの」

「たしかにその呼称に慣れないとな。さて、そこまで事情を察しているのならば、俺たちがここにきた理由も察しているだろう？」

「もちのろんよ、マスコミ対策の服を仕立てにきたのでしょう」

「正解だ。姫様の服、見繕えるか？」

「それは一瞬でできるけど、それだとつまらないわね。あたしはそれぞれの個性を見たいから。特に姫様の影の軍師がどんな個性を持っているか知りたい」

「見ての通り、俺は着た切り雀(すずめ)だが？」

なんの特色もないローブを見せる。

着た切り雀というのは大げさであるが、同じデザインのローブと下着しか持っていないというのは事実である。

その点に関してはクロエは否定的だが、サムスはそうでもないようだ。

「かかしがドレスを着ていたら変なように、魔術師ならばローブを着るものでしょう。それにそのローブ、とてもよく似合っているわ」

「ありがたい」

「同じデザインばかり買うのも合理的な性格だと分かるしね。ただ、それを他人、しかも女の子に求めちゃ駄目よ」

「分かっているさ。だからここにきたんだ」

「よろしい。では、レオン、あなたにも好みの服装があるでしょう。それを言ってみて」

「好みの服装か」

己のあごに手を添え、長考してみる。

夕暮れの図書館にたたずむ髪の長い少女、ブラウスにロングスカートを身に着けている。彼女はちょっと野暮ったい黒縁眼鏡を掛け、無心に本を読んでいる。

その情景を説明すると、サムスは「あはは」、クロエは「くすくす」と笑った。

「レオンって典型的な本好きね。好きになるタイプももろにそれだわ」

「文学少女がお好きなのですね」

「…………」

むう、たしかにそうなのかもしれない。

と思っていると、「まあ、いいわ」とサムスはクロエの頭の上にカツラを載せる。黒髪のカツラだ。

その上で店内から見繕ったブラウスとロングスカートを渡すと、試着室に入らせる。

「肝心の姫様がいないから、彼女に着せ替え人形になってもらうわ」

と一緒に中に入る。

男が女性の着替えを手伝ってもいいものか、と思うが、クロエはサムスのことを同性だと思っているようだ。きゃぴきゃぴと楽しんでいる。

小鳥と鶏のさえずりを聞いているような気持ちになるが、数分後、カーテンが開け放たれるとそこにいたのはとても綺麗(きれい)な女性だった。

黒髪ロングのきりっとした女性で、手にはご丁寧にハードカバーの本を持っている。

清楚(せいそ)なブラウスに落ち着いたロングスカートがよく似合っている。

眼鏡をくいっと上げてこちらを見つめられると、どきっとしてしまう。

そのように思っているとクロエは口元を緩ませながら言った。

「おひいさまがこの服装をすると、悶絶(もんぜつ)してしまうほど可愛らしいと思いますよ」

「…………」

その通りだと思ったので、沈黙で答えるしかなかった。

†

クロエのとても僥倖な姿を拝見させてもらう。

しばし見とれてしまうが、仕立屋のサムスは納得がいかないようだ。

「たしかに知的で清楚なんだけど、少し弱々しいわね」

「たしかにそうかもしれません」

スカートの裾を持ちながらくるりと回転し、自己評価をするクロエ。

「文学少女は知的なのですが、軍事的英雄が着る服装としては不適格かと」

ふたりは非難がましい目で俺を見るが、そもそも俺の好みを聞いたのはお前たちではないか、と思ってしまう。このふたりには通じない論法だろうが。

だから衣装に関してはふたりに任せることにした。

「あら、それは助かるわ。ならクロエちゃん、次はこれを着て」

と用意したのはピンク色のふりふりのドレス。クールなメイドさんには似合わないかと思ったが、美少女を舐めていた。美人はなにを着ても似合う。

「あら、素敵。クロエちゃんはちょいロリも似合うのね」

「恐縮です」

「似合うが、さすがにこれで新聞にはな」

横から口を出すと、当然ね、とサムスは言う。

「これは単にメイド服命のクロエちゃんに着せたかっただけ、本命はこっちよ」

と言うとサムスはタイトなスーツを用意する。

女性用のスーツだ。帝国軍の女性士官が着ていそうなやつだった。

「ああ、結構いいかも、知的に見えるし、軍人ぽくもある」

さっそくクロエに着させるが、実際に着てみると少し似合わない。

「スカートの丈が長すぎるのかしら？」

ハサミを用意するサムスだが、とんでもない、と俺とクロエは抗議する。大切なおひいさまのおみ足を露出するなど考えられないことだ。

このように紛糾するが、最終的に用意されることになったものは、飾り気のない白いドレスだった。

軍事的な要素は皆無であるが、シスレイアは王族将軍である。そこをアピールすべきだと思った。

「勇猛果敢な女将軍、というイメージはシスレイアにはない。鎧(よろい)を着せ、頬に傷をメイクしてもいいのだが、本人の特性から乖離(かいり)するからな。ここは清楚で慈愛に満ちた女性であるとアピールすべきだろう」

そう言うとサムスも納得する。

それでは、と彼が用意したドレスは素晴らしいものだった。

白を基調とし、露出が少ない。少ないが、女性的な魅力を誇張する部分はちゃんと誇張している。スカートにスリットを入れたり、胸元をちょっと強調したり、大人の色気を演出していた。

クロエは試着させなくても、それが姫様の肌に最も合うと断言していた。

「長年、おひいさまに仕える私が言うのですから、間違いありません」

断言するクロエ。

それには俺も同意だったので、これに決定すると、そのままサムスに仕立て直してもらう。

「おひいさま、太っていない？」

クロエに尋ねるが、彼女はサムスに耳打ちをする。

「……ふむふむ、一キロほど太って、ブラのサイズがきつくなったのね」

「…………」

せっかく俺に聞こえないように言ったのに、と思わなくもないが、仕立屋サムスはそれだけの情報で完璧に衣装合わせをするそうだ。

「おひいさまはまだまだ成長しそうね。頑張りなさい」

と言いきると、そのまま店の奥に向かった。

見ればマネキンに衣装を着せ、胸の部分などを直している。

本人を採寸しなくて大丈夫なのか、と思ってしまうが、クロエはその辺は心配していないらしい。

「彼女は王都一番の仕立屋さんです。我々の心配には及ばないでしょう」

と言うと、クロエは続ける。

「我々が心配すべきなのは、明日、王都に帰還するおひいさまご本人。おひいさまはシャイなのでマスコミ相手に緊張されるはず」

「たしかにそれはありそうだな」

シスレイア姫はもともと引っ込み思案で恥ずかしがり屋、取材攻勢には難儀すると思われた。というわけで姫様が帰ってきたら、リハーサルをすることにしたが、その機会は早くに訪れる。館に戻ると使用人から、シスレイアが明日戻ると聞いた。

「案外、早い帰還だ。一日で決裁書類をまとめたのか。勤勉なお姫様だ」

「自分の売りは勤勉さと真面目さだ、というのがおひいさまの口癖です」

「それはいいことだが、マスコミ相手だとウィットに富んだ回答もできないとな」

と言うと翌日までおひいさま改造計画を練る。

そしてシスレイアが帰ってくるとそれを実行する。

長旅の疲れも癒えぬお姫様を別室に連れて行くと、講義を始める。

彼女はすぐに受け入れてくれたが、クロエがインテリっぽい眼鏡を掛け、ブラウスとロングスカートを着けていることを訝(いぶか)しがっている。

「それはなんなのですか？」

と言うと、

「レオン様の趣味でございます」

と言い放った。

シスレイアはじいっと俺のことを見つめるが、たしかに好みだと言ったので否定するのは難しかった。なので否定も肯定もせず、そのままマスコミとの問答のリハーサルをする。

と言っても基本的なことだけだが。

どのような功績もまずは自分が上げたことにする、というのが基本方針だった。

これはあらかじめ言ってあるが、生来、慎（つつ）ましい姫様には難しいと思う。なのでまず練習。

「シスレイア姫、今回の作戦を立案したのは姫様の幕僚ですか？」

「ち、違います。わ、わたくしです！　レオン様は絶対に関わっていません！」

「…………」

沈黙する俺とクロエ。なんと正直者なのだろう、と呆れるが、このままではいけない、とクロエはびしっと教鞭（きょうべん）で机を叩（たた）く。

「駄目です。そのような回答では。なにかの功績はすべておひいさまのものだと強硬に主張してください」

裂帛（れっぱく）の気合に、

「は、はい……」

と言うシスレイア。

その後、小一時間矯正するとなんとか形になる。

「三段撃ちを発案したのは誰ですか？」

「わたくしです。異世界のオダノブナガなる英雄の戦法を参考にしました」

と言い放つと、クロエは「うんうん」とうなずき、「エクセレント」と言った。

俺は不意打ちで、

「幕僚名簿の軍師にレオン・フォン・アルマーシュとありますが、彼についてはどう思いますか？

もうひとつの職場では給料泥棒と呼ばれていますが」

その質問をされたシスレイアは、目に涙を一杯溜め、唇を嚙みしめながら、

「彼は優秀な幕僚のひとりですが、それ以下でもそれ以上でもありません」

と言った。

まあ、なんとか合格点をあげてもいいだろう。

すべての質問を想定できるわけではないが、取りあえず他にいくつか問答集を用意すると、その日は遅くまでマスコミ対策に追われた。

翌日、仕立屋のサムスがやってくるとシスレイアのために仕立てたドレスを着させる。さすがは王都一の仕立屋、寸分の狂いもなかった。

勝負服を着たシスレイアは、メイドたちにメイクを施され、髪を結い上げられる。

出来上がったのは素敵な淑女、世界一美しい姫将軍だった。

周囲のもの（俺も含め）は吐息を漏らすと、おとぎの世界の住人のような姫様の出陣を見送る。

マスコミの取材は軍事府にあるマスコミ用の応接室で行われるのだ。

シスレイアは俺とクロエだけともなって出仕する。

†

シスレイアの館から軍事府までは馬車で三〇分ほどだった。

エルニア王国の軍事を司る軍事府は、意外と郊外にあるのだ。軍事を司っているから、広大な場所が必要という面もあるが、王宮などの政治の要地とはなるべく離しておかないと、クーデターやテロリズムの標的にされかねない。

というわけでシスレイア邸からはとても遠いわけで、馬車に揺られると眠くなる――、ことはない。対面に座っている女性、シスレイアを見ていると眠気など吹っ飛ぶ。

真っ白なドレスはまるで白百合（しらゆり）の妖精が仕立てたかのようだった。（野太い妖精だが）

それにほんのりと薄化粧をし、髪をまとめ上げている姿はとても魅力的だった。

――口に出してそれを伝えることはできないが、クロエ辺りに言わせるとあからさまらしい。

「女性は視線に敏感なのです。――おひいさま以外は」

と茶化してくる。

そのお姫様はというと俺の用意したマスコミ対策の問答集を懸命に読んでいた。俺の視線に気が付いていないようだ。まあ、それは幸いである。たしかにシスレイア姫は女性としてとても素敵であるが、俺と彼女が結ばれることはないだろう。

俺と姫様は身分が違い過ぎる。

俺は亡命貴族の息子、貴族ではあるがこの国に領地はない、無論、財産も。一方、姫様はこの国の王女だ。化粧領もあるし、立派な館も持っている。

ふたりの身分差はまさしく月とすっぽん、野に咲くぺんぺん草と温室の白百合くらいに育ちが違う。

小説などでは愛があれば他にはなにもいらない、などという謳い文句はよく聞くが、それは世間を知らないものの言葉だろう。俺の父親がこの国にきてからの苦労、それは筆舌に尽くしがたい。その父が死んでからの俺と姉の暮らしは、それこそ回想を挟むのすら躊躇(ためら)われるものがあった。

そのような苦労、自分の配偶者にはさせたくない。

そう思うと姫様を嫁にしようとか、恋人にしようとかいう考えは浮かばなかった。

俺はただ、彼女の笑顔が見たかった。

心の底から笑う姿が見たかった。

ただそれを実現させるには、彼女を幸せにするだけでは駄目だった。

他者が幸せでなければいけないのだ。

彼女の周りのものが、この国のものが。さらに言えばこの世界のすべての民が。

皆、明日の食べ物の心配をせず、それぞれに仕事を持ち、幸せな人生を送る。

さすればきっと姫様も今のように小難しい顔をせず、常に笑うことができるだろう。

そう思った俺はそれを実現させるため、改めて彼女に忠誠を誓い、助力する。

シスレイアからひょいっと問答集を取り上げると、彼女に質問をした。

適当にページをめくると言った。

「らくだの背中で飲むお茶ってなんだ？」

唐突な問題にきょとんとするお姫様、そのような問答、あっただろうか、と一生懸命に考えている。とても可愛らしい。俺がからかっていると気が付くまでたっぷり六〇秒ほど掛かった。

彼女は軽く頬を膨らませ、

「そのような問題はありません」

と言った。

怒った上で真面目に答えを考えてくれるが。

「……うーん、なんでしょうか。わたくしは紅茶が好きですが、カモミールティーも好きです。出題者はどのような方なのでしょうか？　それだけでは情報が少なすぎます」

生真面目な姫様は真面目に推理する。これは頭の体操、なぞなぞであると説明した上で、答えを言う。

「答えは『こぶ茶』だ、東方より伝わりし、昆布を原材料にしたお茶だな」

「なぜ？　こぶ茶なのです？　先の情報ではそんなことは分かりません」

「だってラクダにはコブがあるだろう？　だからこぶ茶を飲むんだ」

その答えを聞いた姫様は、「にゃんですと!?」という顔をした。

目から鱗(うろこ)が落ちたようだ。

どうやら真面目を絵に描いたような姫様は、とんちが苦手というか、ほとんど触れてこなかったらしい。まったく、予想外の思考法に感心している。

俺は姫様の単純さ、素朴さに苦笑を漏らしながら、彼女を軍事府にあるマスコミ用の応接室に連れて行った。

そこには複数のマスコミが列をなして待っていた。

まずは全体質問から始まり、その後、個室に移り、ロングインタビューを始める予定だ。

マスコミ用の応接室に入ると一斉にフラッシュがたかれる。どうせあとで撮影時間も設けるのに、と思うが、姫様は手慣れたものだった。

よく遠慮のないマスコミから勝手に写真を撮られるのだそうだ。なんでも彼女の写真を載せると売り上げが一四パーセントほどアップするらしい。

まあその気持ちは分からなくもない。彼女の容姿はそこらの舞台女優も顔負けなのだ。そんな女性が紙面に写っていたら購買意欲も倍になる。

と思っていると、姫様は着席し、質問攻めに遭っている。

とある記者は今回の働きの賞賛と慰労を口にすると、当然のように、今回の作戦の立案者が姫様であるか尋ねた。

姫様は当然のように、

「わたくしです」

と、言い放つ。

さすがは我らが姫、堂に入っている。練習した甲斐(かい)があった。

その後、世間に発表されているマコーレ要塞攻略の手口がすべてシスレイア本人の発案であると認めた。

どよめきが起こる。

難攻不落の要塞をたったの一旅団で落としたことも素晴らしいが、それ以上に要塞を落とすのに使った知力の源泉が、このように可憐(かれん)な少女の頭蓋骨の内側であることが信じられないようだ。

世間では美人は頭が悪い。いや、頭が悪くあるべきだ、という偏見がある。ましてや男尊女卑がはびこるこの世界においてそれは顕著だった。なのにシスレイアはマスコミや軍部の期待に背き、天才的な知略を発揮したのである。

まったく、末恐ろしい少女だ。この場にいた記者は等しくそう思ったようだ。

どよめきが収まると、話は作戦の詳細、実行したときの気持ちなどに移る。当然、それらにもなんなく答えるが、一連の話が終わると姫様はちょっと困惑する。

話が軍事的な話から、政治的な話に移ってきたからだ。

「国民の中には次期国王をシスレイア様にすべきだ、という声も上がっていますが、それについては」

それは自分こそが相応しい、と言ってほしいところだが、姫様は常識的に返答した。

「――それは国王陛下が決めることですから」

「なるほど、では、兄上のケーリッヒ殿下と折り合いが悪いというのは？」

「そのようなことはありません」

質問した女性記者は、「なるほど、そう言うしかないか」と、ひとりごとのようにつぶやいた。

無礼な女性であるが、変わった着眼点をしていると思った。

顔を見る。眼鏡にスーツ姿の女性で、知的な感じがした。

なかなかの美人であるが、気が強そうだ。

と思っていると、クロエは言う。

「……レオン様のタイプっぽいですね」

「……まだ引きずるか」

と返すと、質問が姫様の私生活に移る。

「休日はどのように過ごされていますか？」

「好きな男性のタイプは？」

「好きな食べ物は？」


芸能記事でも書くのか！　と思わなくもないが、これらの質問は想定済みというか、有り難い質問であった。

少なくとも先ほどの女性記者の質問よりはずっといい。

そもそも今回の目的は姫様と天秤旅団すげーというところを世間に認知してもらうこともあるが、それと同時に、姫様に親しみも持ってもらいたかった。

長兄のマキシスや次兄のケーリッヒのように高慢な王族ではなく、庶民派の王族に対して、市民に共感と敬愛の感情を持ってほしかった。

なので彼女の私生活を話すのはよいことであった。

シスレイアとしては「わたくしの私生活のどこが面白いのだろう？」と思うが、小難しい軍事や政治の話よりは楽だと思っているのだろう。表情が和らぐ。

ちなみにこの手の質問の練習はしていない。必要ないと思ったからだ。

彼女には素の自分を見せてほしかった。そもそもいつもの彼女はとても可愛らしく、素敵な女性だった。

下手に言葉を着飾るよりも、自分の言葉で、真実を話したほうが、記者や国民のウケがいいと思ったのだ。

その予想は見事に当たる。

彼女はほがらかな笑顔で記者たちを虜にしていく。


「休日は歌劇を見に行ったり、本を読んだりしています」

「好きな男性のタイプは好きになった人です」

「好きな食べ物は甘い物です」


脚色のない回答は老獪な記者たちの心も和らげていく。

和やかな空気が場を支配する。それを見て俺はこのお披露目が成功したことを悟った。

クロエもそう思ったらしく、小さなあごを軽く上下させ、成功を確認しあったが、最後の最後で緊張感が走る質問をする記者が現れる。

先ほどのインテリ眼鏡の女性だ。彼女は「くいっ」と眼鏡を持ち上げると言った。

「シスレイア姫、今回の武勲は素晴らしいものでした。しかし、今回の武勲はアストリア帝国との戦いにどう影響するでしょうか？」

その質問を聞いたシスレイアは表情を武人に戻すが、穏やかな口調で答えた。

「アストリア帝国との戦いは長く続くでしょう。なにせもう一〇〇年近く戦争を続けているのです。もしかしたらさらに一〇〇年続くかもしれません」

「救国の英雄であるあなたがなにを弱気な」

シスレイアはその挑発を無視すると、なんのてらいもない口調で言う。

「もはやひとりの英雄で戦局を打開できる時代ではありません。この戦争を終結し、平和をもたらすには諸王同盟に属する国民全員の確固とした意志と勇気が必要でしょう。

しかし、それらの団結を得たとしても冬の時代は長く続きます。しかも春の到来は必然ではないかもしれません。

ですが、わたくしはそのときがやってくるのを待っています。この身をこの国のため、世界のために役立てようと思っています。

この国の人々が、世界中の人々が、春の陽気に包まれながら、ピクニックに出掛ける。そんな光景を見てみたいです」

その演説のような台詞を聞いた女性記者は黙りこくる。姫様のたしかな決意を胸に感じたようであった。

いや、それは他の記者も同様のようだ。皆、一生懸命に書き留めている。

かくいう俺も予定になかったこの答えに感動していた。

ちなみにこの演説は、後世、シスレイア姫という人物を紹介するときに必ず引用される言葉となる。

彼女の爽やかにして壮大な夢は、後世の人々をも感動させるなにかがあったのだ。

第五章　炭鉱街の陰謀

†

「救国の姫将軍、現る！　たったの一旅団で難攻不落の要塞を攻略したのは天才少女」

「これまでの功績が認められ、旅団から師団に昇格！」

「エルニア陸軍最年少の将官！」

　そう書かれた新聞を苦々しく見るのは、この国の第二王子だった。

　名をケーリッヒという。

　彼の周囲にいるメイドは怯(おび)えるどころか震えていた。いつ、主(あるじ)の怒りの導火線に火が点(つ)き、ヒステリックに暴れ出すか、気が気ではないのである。

　気が立った彼は使用人を当然のように殴る。己の気が済むまで殴る。

　先日も軽い粗相をしてしまったメイドを殴った。彼女の上に跨(また)がると、気絶するまで殴りつけた。

　結局、そのメイドは左目を失明し、ケーリッヒの館を追い出された。

　食べ盛りの弟がいると言っていたが、あのような顔にされてはもはやメイドはできまい。

　夜の街に立っている同僚を思うと、胸が切なくなると同時に、いつ、自分もそのような目に遭わされるかと思い、戦々恐々とするのだった。

メイドは細心の注意を払いながら主にコーヒーを注ぐが、主の怒りが頂点に達する。ちらりと新聞記事が目に入る。そこには次期国王は女王となるか!? という憶測の記事があった。

これはケーリッヒの自尊心を大きく傷つけるだろう、と思ったが、その予想は外れていなかった。

彼は力任せに新聞を破り捨てると、テーブルをひっくり返した。

恐れおののくメイドたち、いったい、今夜は誰が彼の毒牙に掛かるのだろう、そう思ったが、有り得ないことに、そのような事態にはならなかった。

怒りの矛先がメイドに向かうよりも先に別の場所に向かったからである。

主が見ているのは部屋の隅だった。そこには真っ黒な空間があり、そこからにょきっと人の手足が出てくる。やがて暗黒の穴から人の姿が現れる。

真っ黒なローブを着、顔をフードで隠している。

まるで邪教の司祭のようだが、それは見当違いな感想ではないだろう。誰もが邪悪で醜悪な匂いを感じた。

邪教の司祭は、軽くメイドたちを見る。

この場に相応（ふさわ）しくない、ということだろう。ケーリッヒは納得すると、声を荒らげ、メイドたちを退出させた。

思わぬ救いの神に感謝をしながら、メイドたちは下がるが、ケーリッヒは彼女たちがいなくなると、再びテーブルを蹴る。

「……くそ、面白くもない。なにが救国の姫将軍だ」

「各紙の一面を飾っているようだな」

「ああ、そうだ。ドワーフ・タイムス、サン・エルフシズム、ガーディアン・ヒューム、すべてが忌々しい妹を特集している」

邪教の司祭は新聞を軽く撫でながら続ける。

「一流紙ばかりだ」

「見る目がない」

「それはどうかな。このまま順調に出世を重ねれば、本当に王位争いに参加してくるかもしれんぞ」

「あいつは端女の子だぞ。淫売の娘だ」

「王の血統と国民の支持があれば誰でも王になれる」

「……忌々しい」

再び吐き捨てるように言うと、「お前ら終焉教団の言うことを素直に聞いていればよかった」と続ける。

終焉教団とはこの陰気な男が所属する邪教徒の一団のことである。なんでも魔王を復活させることに命を懸けているようだ。

ケーリッヒはこの終焉教団から援助を受け、長兄マキシスに対抗していたのだが、彼ら終焉教団は、数ヶ月前から、「シスレイア姫」こそケーリッヒの覇業を邪魔する存在、と告げていた。

身分卑しい末の妹になにができる、と、妹の上司をけしかけるくらいしか手を打っていなかったが、今にして思えば甘かったのかもしれない。

正直に告白すると、終焉教団の司祭は、「素直なのはよろしいことだ。殿下は必ずこの国の王となる」と微笑(ほほえ)んだ。

――いや、微笑んだような気がした。フードで隠した顔はケーリッヒでさえ見たことがないのだ。

「しかし、導師エグゼパナよ。俺が王位に就くには長兄のマキシスを排除せねば。それにこの生意気な妹も」

「前者はすぐにというわけにはいかん。今、殺せば容疑者は限られるからな。しかし、妹のほうはこれ以上、伸張させてはならないな」

「それには同意見だ。暗殺者を送るか？」

「姫の周囲には手練(てだ)れがいる。鬼神ヴィクトールという男。それにメイドの少女。あとは史上最強の宮廷魔術師」

「史上最強の宮廷魔術師？　たしか宮廷図書館で給料泥棒と呼ばれている青白い文官と聞いたが」

「あの男を舐(な)めてはいけない。その魔力はこのエルニアでも屈指、戦闘術にも長(た)けている。そしてなによりも恐ろしいのはその知謀だ。やつの知略は枯れるという言葉を知らない。今後もその知謀で姫を出世させていくだろう」

「影の軍師というわけか。まるでこの国の伝承にある伝説の魔術師のようだな」

「『のよう』ではない。おそらく、レオン・フォン・アルマーシュこそが天秤の魔術師だ」

「まさか。おとぎ話だろう」

「だったらどんなにいいことか」

と言うとエグゼパナは具体的な対処方法について考える。

「教団としては姫よりもその魔術師のほうを危険と見なす。しかし、お前としては姫のほうが目の上のたんこぶなのだろう」

「そうだ」

「ならば両方、一気に取り除く策を提案する。聞け」

と言うとエグゼパナはおもむろに策謀を語り出した。

その策謀は、彼の容姿と口調のように陰険で後味の悪いものだった。

しかし、陰険で醜悪というのならばケーリッヒも負けてはいない。ケーリッヒは妹を殺す策謀を嬉々として聞きながら、サイドテーブルに置いてあったワインをそのまま飲み干した。


そのような悪辣な策謀が行われているとも知らず、俺とお姫様は王都の高級レストランにいた。

マスコミ取材を乗り切ったお祝いをしているのだ。

ふたりきりの食事であるが、誘ってくれたのは姫様だった。

宮廷図書館司書 兼 師団の軍師というのは高給ではない。ふたり分の給料をもらってはいるが、それでも王族がくるようなレストランには気軽に通えない。

そもそもそこらの酒場のソーセージとザワークラウトが最高のご馳走だと思っている俺が美味しいレストランなど知っているわけもなく、たとえ姫様を食事に誘える甲斐性を得たとしても、ろくな店に誘えないだろうが。

そのように思っていると、ドレス姿のお姫様が微笑んでいる。

どうやらウェイターが飲み物の注文を聞きにきたようだ。

彼女はオレンジジュースを頼む。俺には酒を勧めてくる。

酒は嫌いではないので、一杯だけ頂くことにした。好きな銘柄のビールがあるということなのでそれを頼む。

するとウェイターは目を見張る。この格式のレストランでビールを頼む客がいるのか、と驚いているようだ。そんなふうに思うならばメニューに載せるな、と毒づきたくなるが、抑えると料理を注文する。

魚をメインディッシュにしたありふれたコースを頼むと、一〇分後くらいに前菜がくる。

いつも通っている酒場だと一分でくるのだが、さすがは高級レストラン、手が込んでいるようだ。

ゼリーのようなプリンのようなものが載っているサラダをフォークで突く。

ちなみに俺は元貴族なのでテーブルマナーもそれなりだ。

ただ、そんな俺を凌駕するのがシスレイア姫だった。

彼女はぴんと背筋を張り、物音ひとつ立てることなく、フォークとナイフを使いこなす。《沈黙》の魔法を掛けながら料理を食べているのではないか、と思われるほど食器の音を立てない。

さすがは生粋のお姫様である、と思ったが、彼女は気取って食べるだけでなく、会話も楽しむ。

「レオン様、ここのゼリーサラダは絶品ですね。なんでも茸で取ったダシを固めているそうです」

もぐもぐ、とお上品にサラダを嚥下し終えると、にこりと微笑む。

本当に美味しそうに食べながら料理のうんちくを語る。

「これは煮こごりという手法だそうです。このレストランは東方で修行した剣士が料理に目覚めて開業した店らしいですよ」

「剣の道から料理の道か。極端だな」

「あるいは人間としてはそれが正しいのかもしれません」

「だな、人を斬るより、人参を切ったほうがいい」

と言うとスティック状の人参を口に運ぶ。食感がとても良く、それに甘かった。

「俺、人参とか、大根とか、大好きなんだよな」

「まあ、前世が兎さんなのでしょうか」

「さて。安くて腹が膨れるから、だと思うが、前世は兎の可能性があるな。少なくとも亀と兎、どちらかと問われれば絶対に兎のほうが可能性が高い。俺はせっかちなんだ」

そう冗談を返すと、メインディッシュが運ばれてくる。白身魚をパイ包みにしたものだ。なんの白身魚かは分からなかったが、一口口に運ぶと、魚の旨みが口中に広がる。パイもサクサクでとても美味しかった。

「最高に美味い」

とボキャブラリーのない感想を口にすると、シスレイアも「そうですね」とにこやかに同意してくれた。

とても楽しい気分になったので、俺は二杯目のビールを注文する。

その後も俺と姫様は陽気な気分で食事を楽しむことができた。

†

姫様とつかの間の安らぎを味わったが、それだけで給料を貰えるほどエルニア陸軍は甘くなかった。

翌日、軍事府にある姫様のオフィスに使いがやってくる。

恐れ多くも国王の名代である。

彼は国王陛下の名前と業績を読み上げると、シスレイアにとある地方で起きそうな反乱を事前に鎮圧せよと命じてくる。

その命令で美しい眉をひそめたのはシスレイア本人だった。彼女は使者に問い返す。

「ワグナール地方の反乱の事前鎮圧ですか」

「左様」

居丈高に返答するのは国王の名代だからだろう。その裏で動いているのは次兄のケーリッヒだからというのもあるかもしれない。

姫様もそれに気が付いていたが、気分を害することなく質問する。

「ワグナール地方は兄上の管轄のような気がするのですが」

「ケーリッヒ様の領地ではない」

そのケーリッヒの腰巾着のワグナール子爵の領地だろう、とは言わなかった。

どのみち勅命とあらば引き受けなければならない。

俺は使者に詳細を聞く。

「ワグナール地方といえば半年前にも反乱を起こしましたが、再び不穏な動きがあるということですか？」

「左様。半年前にも反乱を起こし、国王陛下の宸襟(しんきん)を悩ませた賊徒どもが再び不穏な動きをしている。事前に軍を投入し、賊徒どもを鎮圧せよ」

「反乱を起こしていない国民を討伐することなどできません」

そう主張する姫様だが、次兄やその配下にそのような論法は通じない。

使いのものは「ともかく、勅命は伝えましたぞ」とその場を立ち去っていった。

その後、ふたりで顔を見合わせると、軽く溜め息をついたが、無為無策に溜め息ばかりついていることはなかった。

ケーリッヒに思惑があるのは分かっていたが、勅命と言われれば軍人として命令に背くことはできなかった。


軍事府にあるオフィスから王宮近くにある邸宅に戻る。

するとメイドのクロエがうやうやしく頭を垂れ、迎え入れてくれる。

彼女は「お風呂にしますか？　それとも食事にしますか？　あるいはワグナール地方の情報が必要でしょうか？」と尋ねてきた。

さすがは忍者メイドの異名を誇るメイドさんだ。すでに姫様に下された勅命を知っているようである。

ならば話は早いと情報を頂く。

かしこまりました、と頭を下げるメイドさんであるが、ただ情報を述べるのではなく、まず紅茶を淹れるのはさすがだと思った。

温かい紅茶に口を付けながら、姫様と俺は情報を聞く。

――ワグナール地方。王国の東部にある山間部。ワグナール子爵の領地であるが、半年前にも反乱が起きたことがある。

　まあ、そこまでは俺も姫様も知っていたが、なぜ、反乱が起きたかは知らなかった。

　クロエはそれを教えてくれる。

「ワグナール子爵はケーリッヒ殿下に気に入られるため、多額の賄賂を贈っていました。ケーリッヒ殿下の力添えで出世を望んでいたようです」

「猟官運動ってやつか」

「そうです。しかし、多額の賄賂を用意するには、子爵の領地は狭すぎました」

「つまり子爵は身の丈に合った賄賂ではなく、収入以上の賄賂を贈り続けたってことか」

「その通りです。子爵はその賄賂を支払うため、民に重税を課し、反乱を起こされたのです」

「それでは民に悪い点などないではないですか」

　というのは姫様の主張であるが、その通りだった。

　前回の反乱は民が不当な税金の取り立てに抗議しただけのものだった。それを反乱と軍上層部に報告し、討伐軍を要請したのだ。

　無論、収奪も討伐も法の範囲内で行われたことなのだが、法を決めるのはいつの時代も権力者と相場が決まっていた。住民がいくら訴えたところでなにも変わらないのだ。

　そのことはシスレイアも重々承知しているようだが、それでも心根の優しい彼女は見過ごせないようだ。

「……同じようなことが二度も続くのは看過できません。今回は住民の暴走を防ぎたい」

「そう言うと思った」

姫様はこくりとうなずくと、決意に満ちた所信を口にする。

「幸い住民はまだ蜂起していません。今回、派遣されるのは我ら天秤師団です。ですので住民が本当に蜂起する前に、住民を説得し、平和的にことを収めるようにしましょう」

そう言うと思っていたので、反対はしない。

軽くクロエのほうを見ると、彼女の同行を願う。

「軍隊を連れて近づけば住民を刺激する。つまり住民を説得するには俺たちが単身、乗り込むしかない」

その言葉を聞いたクロエの反応を探る。

最初、彼女は怒るかと思った。大切なおひいさまを危険に晒さないでください、そう言うかと思ったが、そういった台詞は発しなかった。

彼女は逆に俺の決断を賞賛する。

「軍隊で鎮圧すると言えばおひいさまは単身、ワグナールに向かうでしょう。ですが最初から私たちを連れて行くのならば、自重してくれるでしょう」

それがクロエの考えだった。

その考えを聞いたシスレイアは口を大きく開き、「まあ」と驚く。自分の行動を言い当てられて驚いているようだ。

まあ、姫様の性格ならば簡単に想像できると思うのだが、あえてその点には触れない。

その代わり、姫様に軽く説教をする。

「今回は姫様の要望に応えますが、その代わりワグナールでは勝手な行動をしないように。常に俺とクロエから離れないように」

その説教を聞いたシスレイアは、こくりとうなずくと、旅支度を始めるようにメイドたちに命令を下し始めた。

クロエもそそくさとその輪に加わり、旅に必要なものをまとめ始める。

姫様のメイドたちならばなんの過不足もなく旅支度を終えるだろう。ならば俺も家に帰って旅支度を始めるか、と思っているとひとりのメイドが荷物をまとめたものを持ってくる。

そこにあるのは俺が普段着ているローブと下着類だった。

「レオン様はお召し物にこだわりがないのでこの館にも常備しておきました」

にこりと微笑むメイド。

なるほど、どうやら俺の持ち物へのこだわりのなさは周知の事実らしい。

軽く苦笑するが、それでもワグナール地方に行く前に、一度だけ家に帰る。荷物は必要ないが、本は必要なのだ。

同じ服を数週間着ることには耐えられるが、本がない生活には耐えられない俺。本は旅の友なのだ。

そう断言するとさくっと自宅に帰り、読みかけの本と気になる本を鞄（かばん）に入れる。

そそくさと部屋を出ると、そのまま馬に跨がり、王都の郊外で姫様たちと合流した。

そのまま三人は馬を走らせ、ワグナール地方へと向かった。

†

ワグナール地方に近づくと、三人は馬を森に隠し、変装をする。

俺はともかく、姫様の服装は目立ちすぎる。それにメイドのクロエも。

いかにもお姫様とメイドという格好で歩けば、俺たちが間者であるとすぐにばれるだろう。

そのような間抜けな真似（まね）は避けたかった。

というわけで彼女たちふたりには村娘の格好をしてもらうが、木陰で着替えたふたりはそこそこに決まっていた。

どこにでもいるような村娘に扮装（ふんそう）してくれる。特にクロエはなかなかに決まっていた。

彼女は得意げに言う。

「そもそも私は元々村娘ですから」

「たしかに生まれたときからメイド服を着ているような娘はいないな」

と評すとシスレイアも同意してくれる。

ちなみに彼女も意外と村娘の格好が似合っていた。

無論、その高貴さをすべて隠すことはできないが、質素な格好もよく似合っている。

そのことを指摘すると、彼女は「うふふ」と笑い続ける。

「わたくしは子供の頃は普通の街娘でした。普通の格好をし、普通に暮らしていたんですよ」

なるほど、たしかに彼女は子供時代、王都の下町にいたとは聞いた。そのときにはこのような格好をしていたのは想像できる。

ただ、彼女がお手玉をしたり、あやとりをしている姿はあまり想像できなかった。

そう指摘すると彼女は、「そんなことはありませんよ」と否定する。

「わたくしはこう見えてもあやとりが得意なのです」

と胸を張るが、まあ、それを見る機会は今ではないだろう。

今はワグナールの街に潜入することに注力すべきだった。

ふたりも同意する。

ワグナールの街に向かう。ちなみにワグナールは炭鉱の街だった。この街では魔石と呼ばれるこの世界では欠かせない燃料となる鉱石がよく採れるのだ。

遠くからでも火薬などで削った山肌や炭鉱へと続く洞窟が見える。

それを囲むように発展したワグナールの街はいわゆる炭鉱街なのだが、炭鉱街独特の活気はなかった。

当然か。

半年前に暴動を起こし、今も蜂起しようかという街に活気があるほうがおかしいのだ。

そう考察すると、俺たちは紛れ込むように街の中に入っていった。

ワグナールの街は最初の感想通り、静まりかえっていた。

まるでゴーストタウンのよう、というのはおおげさではないだろう。街に入ってからしばらく人と出会うことはなかった。

「住民の皆さんは外出を控えているようですね」

「みたいだな。まあ、蜂起が始まるかもしれないのだから、女子供は出歩かないだろう」

「ならばどうするべきでしょうか？　個別に家を訪ねますか？」

「それは怪しすぎる。酒場に行こう」

「酒場ですか？」

「そうだ。このようなときでも、いや、このようなときこそ、男衆は酒場に集まるもの。酒を呑み、英気を養い、武装蜂起するかどうか、話し合っているはずだ」

その考察を述べると、そのまま酒場に行く。

酒場にはたしかに明かりが灯り、人の気配があった。

皆がそれぞれの表情で酒を呑んでいる。

「素晴らしい推理ですね」

シスレイアは褒めてくれる。俺は軽く受け流すとそのまま酒場に入る。

酒場に入ると、男衆の視線が俺たちに集まる。

彼らは皆、殺気立っていた。

殺気を和らげるため、挨拶をする。

「よう、初めまして。俺は旅の魔術師のレオンっていうんだ」

「旅の魔術師？　こんなときになんの用だ？」

「こんなときだからきたのさ。俺は魔術師だぜ、傭兵にどうだ？」

「……傭兵か。後ろの嬢ちゃんたちはなんだ？」

「こいつらは俺の妹だ。故郷に残してくるのが不憫だったので連れてきた。飯炊きでも洗濯でも、なんでもするぞ」

にこりと微笑み、挨拶するシスレイア姫とクロエ。

うさんくさそうに見つめてくるものもいるが、とりあえず、旅の傭兵として扱ってもらえそうだ。

一同の代表が話しかけてくる。

「この状況下で魔法が使える傭兵の存在は有り難いが、お前が間者ではないという証拠がほしい」

「証拠か。状況証拠じゃだめか？　今さらワグナール子爵がそんな七面倒くさいことせんだろう」

「たしかにやつならば王都に派兵を求め、俺たちを殲滅しそうだ。半年前のように」

「半年前の蜂起は失敗したのか？」

「ああ、内通者が出てな。内通者以外の首謀者は捕縛され、縛り首になった」

その内通者もその罪を悔いて自殺した、と続ける。

「次はそんなことにならないさ。ところで、降伏する気はないのか？」

「降伏？　ありえない。今さら降伏したところで許されないし、俺たちはこれ以上、搾取に耐えられない」

そう言うと一同の代表は周囲を見渡す。

男たちは皆、焦燥感にあふれていた。頬がこけ、目がおちくぼんでいる。まともに食べていない証拠だった。

皆、咳き込み、血の混じった痰を吐くものもいた。

「灰塵マスクすら与えられず、魔石を掘り続けたものの末路だ。こいつらは縛り首以前にもう寿命が確定している。ならば最後に死に花を咲かせてやりたい」

それに、と続ける。

「男衆以上に女衆が耐えられない。そこのロビンの妻はろくに食べていないから乳が出ない。先週、生まれたばかりの赤子も餓死したくらいだ」

ロビンはその話を聞くと悔しそうに机を叩(たた)く。

「……子爵のやつは許せない！　絶対、殺してやる！」

今にも席を立って子爵の館に飛び込みそうな勢いであったが、周囲のものがそれを抑える。

「……子爵のやつは軍隊を集結させている。今、行くと犬死にだぞ」

「……分かっている。でも」

とロビンは続けるが、飛び出したいのは彼だけではないようだ。

ロビンの横にいた男も声を上げる。

「俺の娘も死んだ。……肺炎と言えば聞こえはいいが、本当はただの栄養失調だ。これもすべて子爵のやつが重税を取り立てるからだ。俺たちはやつのために穴を掘っているんじゃない」

その声には複数のものが賛同する。

皆、子爵討つべし！　と声を上げるが、そのとき、扉を開けるものがいた。

一同の視線がそこに集まるが、酒場の扉を開けたのは、この国の兵士のようだった。

――彼らは子爵の私兵のようだ。

この酒場をあらためる、と言い放ち酒場を調べ始める。

なんでも、武装蜂起の集会が開かれていると通報があったという。

酒場にいるものすべてに緊張が走る。子爵の私兵の主張は正鵠(せいこく)を射ていたからだ。

レオンの横にいたものは「殺(や)るしかないか……」とナイフを握りしめるが、それは止める。

「……今、露見したらまずいのだろう」

それに答えたのは一同のリーダーだった。

「……その通りだ。ここの連中はこの街の武装蜂起予備軍への連絡役を務めている。今、捕まれば予定が大幅に狂う」

「ならばこの場をやり過ごすしかないな」

「そうだが、どうする？　この酒場の下には武器がある。それが見つかったらいいわけできない」

「そうか。じゃあ、その前に敵を倒してしまえばいいな」

「……倒すだと？　それは無理だ。やつらは完全武装している」

リーダーがそう言い終えると、俺は行動によって反論した。

ゆっくりと兵士たちに近づくと、右手に持っていたグラスを床に落とす。

目の前の兵士は一瞬、グラスに視線をやった。その瞬間を見逃さず、彼の腹部に右拳をめり込ませる。

「ぐはっ!?」

胃液をまき散らす兵士。それを見ていた他の兵士は武器を構えようとするが、クロエによって阻まれる。

クロエは懐から懐中時計を出すと、それに魔力を込め、手足を攻撃する。兵士たちに武器を握らせない。魔力をまとった鎖が敵兵を襲う。

俺はその間、身体能力を強化し、次々と兵士に襲いかかる。

二人目の兵士はその場でしゃがみ込み、足払いを決める。倒れ込んだ兵士はクロエがストッピングで気絶させる。鼻を蹴り上げられた兵士は哀れにも失神している。足を上げたときに彼女の下着が見えたはずだから、僥倖（ぎょうこう）だったことだろう。

三人目の兵士は殴り掛かってきた。俺の顔面目掛け、フックを入れてくるが、それを颯爽（さっそう）と避けるとショートアッパーを加える。巨漢であるが、あごに的確に力を入れれば脳を揺さぶり、気絶させることができるのだ。

あっという間に三人の兵を倒すと、酒場の士気は上がる。今ならばこいつらに勝てる。そう思った街の住人はそれぞれに兵士に襲いかかる。

炭鉱夫独特のぶっとい腕でパンチを食らわせるもの。酒場の椅子で殴りつけるもの。複数人で襲いかかり、重さで圧倒するもの。色々いたが、皆、攻撃が成功する。

次々と倒れる子爵の私兵たち。

あっという間に数を減らし、やがてすべてが捕縛される。

ちなみに俺が倒したのは四人、クロエがふたり、残りは皆、酒場の連中が倒した。ま、俺が《弱体化（デバフ）》や《強化（バフ）》を掛けたということもあるが。

一連の戦闘が終ると、それぞれに高揚しながら、その場で喜びを表す住人。

「……か、勝った」

「武装した兵士たちにも勝てるんだ。俺たちは」

「もう、子爵など恐れないぞ」


ひとりひとりが喜びを表現しているが、それが一段落すると、視線が俺に集まる。

先ほどの戦いで英雄的な活躍をした俺に礼が言いたいらしい。

「英雄的だなんて大げさな」


「そんなことはない。あんたは英雄だ。俺たちは怖くて兵士に立ち向かえなかった。だが、あんたは怯むことなく、立ち向かった」

「あんたの強化魔法、すごかったぜ。勇気まで湧いてくるようだった」

「その動き、ただものじゃねーよ。あんた、本当にただの魔術師か？」


賞賛の声が上がる。

酒場のマスターは俺のところにくると、ビール瓶を差し出す。

代金を差し出そうとすると、

「英雄からお代は取れねえよ」

と言う。

どうやら俺は彼らに実力を認めてもらったようだ。

皆、マスターからビールを受け取ると、

「新たな英雄に乾杯！」

「最強の傭兵が俺たちに味方してくれるぞ」

と喜び、俺を肴(さかな)にビールをあおっていた。

†

ワグナール子爵の私兵を退治した俺たち。

その事実は彼らの士気を大いに上げたようだが、ひとつだけ想定外のことがあった。

ひとりの兵士が姫様のことを知っていたのである。いや、気が付いたと言うべきか。

気絶した兵士をふん縛っているとき、ひとりの兵士がそのことを指摘してくる。

「なぜ、こんなところにシスレイア姫がいるんだ。マコーレ要塞の英雄が、なぜ、こんなところに」

その言葉を聞いたとき、酒場の連中は兵士の戯言(たわごと)かと思ったが、酒場にあったサン・エルフシズム新聞の一面を剝ぎ取ったリーダーがつぶやく。

「……似ている」

その不穏な口調を見て緊張を走らせる俺たちだが、抗弁する暇もなかった。

リーダーが姫様の横まで歩くと、新聞の一面を彼女の顔の横に並べる。

写真と実物、どちらが綺麗か、と問われれば実物をあげるが、問題なのはそこではなく、ふたりが同一人物ということだった。

「……どこかおかしいと思った。村娘にしては小綺麗すぎる。あんた、この国のお姫様か？」

そこまで証拠を突きつけられたならば、もはや隠し通せないと思ったのだろう。

それにいつか身分をばらし、彼らを説得しないといけないとも思っていたようだ。

シスレイアは堂々とした態度で言う。

「その通りです。わたくしの名は、シスレイア・フォン・エルニア少将。天秤師団の団長を務めています」

正規軍！　軍の犬か!?

どよめきが走るが、シスレイアはそれも否定しなかった。

「その通りです。わたくしは国王の勅命をもってこの反乱を鎮圧しにきました。ですが武力は用いたくありません。投降し、国王陛下に謝罪することによってその罪を償ってください。——いえ、一緒に償いましょう。微力ながらわたくしも協力させて頂きます」

その言葉を聞いたリーダーは、「……ほう」と考え深げな顔をするが、首を縦に振ることはなかった。

「救国の姫将軍がそう言うのだ。悪いようにはなるまい。しかし、それはできない。なぜならば今、ここで蜂起せねば同じことの繰り返しになるからだ。たしかに今、投降すれば罰せられるのは俺たちだけだが、この蜂起の動きが終われば子爵はさらなる増税で締め上げてくるだろう。家畜のような、いや、家畜以下に扱われることにもう俺たちは耐えられない」

そうだ！　俺たちは人間なんだ！　と酒場の若者たちは続ける。

「——というわけでだ。私兵から救ってもらって悪いのだが、おまえたちは拘束させてもらう」

それぞれに事情があるさ、と返答したのは俺だった。

「まあ、俺はともかく、姫様は諦めないみたいだ。おまえたちを救うことを」

「優しい姫様だ」

「ああ、だから手荒な真似はするなよ」

「分かっている。ただし、おまえは念入りに縛らせてもらうぞ」

「男にも優しくしろ」

「男女差別はしないが、魔術師差別はするんだよ」

と言うとリーダーは呪術的な処理をした荒縄で俺を縛る。

「用意がよろしいことで」

「地下に武器庫がある。そこにこういうのがいっぱいあるんだ」

リーダーはそう言うと、俺たちを地下に連行する。

ただ、俺は途中で軽く振り返り、尋ねる。

「ああ、そうだ。あんたの名前を聞いていなかった」

そう尋ねると、リーダーは快く教えてくれた。

「俺の名はオルガスだ」

「オルガスか、立派な名前だ」

それだけ言い残すと、そのまま連行される。


その姿を食い入るように見つめる存在がいる。

男物の衣服をまとい、帽子を深くかぶった人物。

彼は一週間ほど前からこの反乱に参加していたが。実はこの街のものではない。

ケーリッヒ側の間者でもない。

つまり第四勢力的な存在なのだが、ことの推移を見守り、ときおり、メモ帳を取り出してはなにかを書き込んでいた。

その謎の存在は事態の推移を興味深く観察している。

(……地方で大きな反乱が起こるとの情報を得ていたけど、面白くなってきたわ。ケーリッヒ殿下のために民から収奪する強欲子爵。それに反抗する住人たち。そしてその争いを止めようとするお

姫様）

もしもこの事実を新聞に載せることができれば、新聞の売り上げは一〇倍増。一躍、スター記者になれるだろう。

しかし、このようなことは書くことはできない。軍の恥部になるような記事は検閲されるのである。

（けれど、それは『今現在』だけのこと。明日には状況が変わっているかも）

今は軍部の力が強いが、明日には風向きが変わっているかもしれない。

明後日（あさって）にはケーリッヒが失脚し、この愚行を世間に公開できるかもしれない。

明明後日（しあさって）にはアストリア帝国にエルニアが占領され、旧支配者たちのスキャンダルを白日のもとにさらせるかもしれないのだ。

だから自分はこの仕事をしているのだ。このように危険な現場に潜り込み、取材を重ねているのだ。

そう自分に言い聞かせると、未来のスター記者は酒場を去り、色々と準備を始めた。

†

酒場にある地下塹壕（ざんごう）に連れて行かれる。

そこには女性や子供がたくさんいた。

皆、武具の手入れをしたり、針仕事をしたり、塹壕の補修をしている。

どうやら武装蜂起に備えているようだ。

「武装蜂起が起これば女子供が被害に遭うからな。せめて自分たちの家族だけは守りたい」

と塹壕で長期間暮らせるように事前に準備をしているようだ。

立派な心がけであるが、そのような心配をしなくても済むような形で事件を終着させたいものである、と言うとリーダーは、

「期待しているよ」

と期待なさげにその場を去って行った。

代わりに俺たちの見張り番を買って出たのは、ひとりの婦人と、小さな子供だった。

元気いっぱいの子供は「アルフ」と名乗る。

「おれはまだちいちゃいから義勇軍に入れて貰えなかったけど、その代わりかーちゃんたちを守るんだ」

とドヤ顔をしている。

なかなか頼もしい子供である、と思った俺は彼に話しかける。

「なかなか頼もしいな」

「当たり前だ。俺の父ちゃんは義勇軍最強の戦士だ。その息子が勇敢でないわけがない」

「頭に鍋をかぶっていなければもっと説得力がある」

「仕方ないだろ。本物の兜は大人優先だ」

「俺の縄をほどいてくれたら、その鍋を格好いい兜に《錬成》してやるんだが」

「ほんとか!?」

目を輝かせる少年。やはりお子様であるが、その横の婦人はおとなだった。

「アルフ、騙されては駄目よ。その方はとても有能な魔術師らしいの。一瞬も目を離しては駄目ってオルガスが言っていたわ」

「あ、そうだった。このあんちゃんは魔術師だったんだ」

危うく騙されそうだったぞ、とアルフは抗議するが、無視をすると婦人に尋ねる。

「やはりオルガスたちは武装蜂起するのか？」

「…………」

しばしの無言のあとにこくりとうなずく婦人。

「……するわ。わたしたちはもう子爵の圧政に耐えられない」

「もうしばらく我慢してくれないか？　俺が、――いや、ここにいる姫様がすべて丸く収めてみせる」

婦人は姫様を軽く見るが、首を縦に振ることはなかった。

「……新聞は夫に読み聞かせてもらった。今のエルニアの第三王女はいい人だって。こんな子が女王になってくれればいいって言ってた。でも、この子が王女になるのは何年も先なんでしょ？　わたしたちはもう耐えられない」

婦人は悲しみに満ちた目で心情を語る。

「言っていた」という過去形を使う辺り、おそらく、彼女の夫はもうこの世の人ではないのだろう。

優しげな女性に見えるが、説得は不可能のように思えた。

俺たちはしばしし、状況の変化が起こるのを待つ。

脱出する機会がそのうち訪れると思ったのだ。


時間が流れ、夜になる。

義勇軍を自称する連中は捕虜を遇する道を知っているようだ。

虐待されるようなことはなく、食事もちゃんと出される。

ただし、出された食事は猫もまたぐようなものだが。

なにも味付けされていないオートミール。それに堅焼きのパンが一切れ。飲み物は井戸水だけ。

「王都の刑務所でももっとましなものが出されます」

とはクロエの苦情であったが、姫様は文句を言わずに食べていた。

見れば周りのものも同じものを食べていたからだ。

「子爵の取り立ては本当に厳しいようだな。炭鉱夫たちもこれと同じものを食べているかと思うと、ほぼ虐待だ」

燕麦のかゆと堅焼きのパンだけで、岩盤を削り、砕いた岩を運ぶのは自殺行為に他ならない。

それを強要する子爵はたしかに悪魔のようなやつなのだろう。

改めて悪魔を懲らしめる方法を考えていると、子供たちが物欲しそうにこちらを見ていることに気が付く。

どうやら食べ足りないようだ。

そりゃそうか、食べ盛りの子供たちがこれだけの量でまんぷくになるわけがない。

ただ、物欲しげに見ても堅焼きパンをあげることはできない。俺は食べられるときに食べるタイプだからだ。

泥水をすすってでも生き残る、それが俺の信条だからだ。

そのような人間がこの状況下で、食べ物を分け与えることなどない。

と思っていると子供たちは堅焼きのパンを食べていた。

——どうやら姫様が分け与えてしまったようだ。

姫様、と非難がましい視線を送る。俺だけでなく、クロエも。

ただ、その光景を見ていると、この国に亡命してきた直後のことを思い出す。

父親が働きに出ている間、俺の面倒を見る姉。食事の用意をする姉だが、当然のように食事の量は少ない。

腹を空かす俺、姉はそんな俺に食べ物を分け与える。

「お姉ちゃんはもうお腹いっぱいなの。レオン、残り物で悪いけど食べてくれる?」

そう言って少ない食事をいつも半分以上残し、俺に分け与える姉。

幼かった俺は姉の言葉を信じ、遠慮なく貰っていた。姉は細身だが、ダイエットしているのだと思い込んでいたのだ。

しかし、そんなことはない。姉は自分は我慢をし、幼い弟を気遣っていたに過ぎない。貴族のボンボンだった俺にひもじい思いをさせまい、と思いやってくれたに過ぎないのだ。

後にそのことを知った俺は、姉に感謝すると同時に自分の愚かさに心底呆れた。いつか、姉に恩返ししようと思っていた。

——結局、いまだに姉には恩返しできていないのだが、あの優しい姉ならば今、俺がここでこのパンを分け与えれば喜ぶことだろう。

「さすがはアルマーシュ家の嫡男です。その心意気は王者のようです」

そう微笑む姿を想像できたので、素直にパンを半分引きちぎると、それを子供たちに与えた。

その姿を見ていたシスレイアは聖母のように微笑んだ。

反乱軍――、いや、義勇軍に捕まった俺たち。

食料は配給されるし、虐待されるようなこともなかったので快適であったが、いつまでもこうしているわけにはいかなかった。

なんとか脱出せねば、と思っているが、俺は魔法の荒縄で魔力を封印されている。

クロエも要注意人物と目されているのだろう。かなり強固に束縛されていた。

一方、姫様はこの国の王族として扱われているのか、かなり緩い縛り方だった。

ここは姫様に脱出してもらい、俺たちの捕縛を解いてもらうのが一番だろうか。

と思っていたのだが、肝心の姫様はこの手の作業が苦手だった。他人を偽ることが苦手なのである。

トイレに立つ振りをし、見張りのものの注意を引き、縄を解いてもらった上で、見張りを逆に捕縛してくれ、と頼んだら、涙目になって戻ってきた。

「……ごめんなさい、見張りの婦人がいい人過ぎて、なにもできませんでした」

と言う。

俺とクロエは軽く呆れたが、落胆はしなかった。

ま、そうなるわな、と互いに見つめ合うと、なにか別の方法を模索したが、思いつくことはなかった。

なぜならば思いつく前に状況の変化が訪れたのだ。

――夜中、俺たちが監禁されている小部屋に現れたのは、黒い影だった。

小柄で帽子を深くかぶった男が、小声でささやく。

「……レオン・フォン・アルマーシュ、それにシスレイア姫、助けにきました」

妙に澄み切った高い声だ。もしかして女性なのでは？　と思ったが、それは正解だった。

彼、いや、彼女は帽子を取ると、挨拶する。

「私の名はウィニフレット。サン・エルフシズムの記者です」

「あ、あなたは先日の記者会見でわたくしに質問をしましたね」

「よく覚えておいでで」

「なぜ、その記者さんがここに？　それになぜ、我々を助けるのです？」

「あなた方の志に共感して――、というのは偽善が過ぎますね。私は未来のスクープのために動いています」

「未来のスクープ？」

「そうです。今、この状況下ではケーリッヒ殿下の悪行を糾弾できませんが、明日は無理でも明後日には風向きが変わっているかもしれません」

「そうありたいと思っている。いつまでもあの男の好き勝手にはさせない」

俺がそう言うとウィニフレットはにこりと微笑む。

「これは未来への投資です。もしも将来、風向きが変わりましたら、姫様たちは私に協力してください」

「もちろんです。あなたのような新聞記者にならば喜んで情報を託します」

シスレイアはそう言うと、縄をほどいてもらう。続いて俺もほどいてもらうが、一番難儀したのはクロエだった。彼女の場合、剛力を恐れた義勇軍が、荒縄で縛りまくったため、なかなかほどくことができないのだ。

ウィニフレットとシスレイアは「うーん……」と難儀しながら荒縄をほどこうとするが、時間が掛かりそうだったので俺は彼女たちに一歩下がってもらう。

そして軽く呪文を詠唱すると、真空波を発生させる。《風刃》の魔法でクロエの荒縄を切り裂くことに成功する。

ぶっとい縄を切られたクロエは両手を挙げると、「お見事です」と、つぶやいた。

「美女に剣を刺すマジシャンのように鮮やかな手口でした」

「お褒めにあずかり光栄だ。さて、自由は確保されたし、いったん、ここから退くぞ」

はい、と三人は俺に続く。

途中で義勇軍の見張りと遭遇しないように慎重に動く。

もしも遭遇すればそのものを傷つけないといけない。それは俺たちにとって不本意だった。

俺たちを縛り付けていた相手を気遣いながら逃亡するのは少し奇妙であったが、俺たちは無事、酒場の地下塹壕から脱出する。

夜中だったので酒場にもほとんど人がいなかった。

脱出した俺たちはそのまま炭鉱外にある空き家に潜入する。

そこで改めて自己紹介。

知的でクールな美人は女性らしい格好に着替えると、髪をほどきながら言う。

「あらためまして、私の名はウィニフレット。サン・エルフシズムの記者です」

ふさっと髪が宙に舞う。その姿はとても美しかったが、それよりも気になったのは彼女の耳が少し尖(とが)っていることだった。

「君はエルフなのか？」

「そうです。ハーフエルフですけどね」

「だから黒髪なのか」

「ですね。エルフは通常、金髪です。――まあ、私がハーフエルフなんてこの際、どうでもいいことなのですが」

たしかにそうなのでそれよりも知りたい情報を尋ねる。

「というか、ウィニフレット、君は記者なのだからこの街の情報には精通しているだろう」

「ええ、もちろん、三つ星レストランから高級娼館(しょうかん)の位置まで、把握しているわよ」

「それは有り難い」

「エルフの可愛い子が買えるお店を知りたいの？」

「まさか」

　君みたいな美人がいるなら別だがね、と言えればプレイボーイになれるのだろうが、俺にプレイボーイの才能はない。

「俺が知りたいのはその三つ星レストランと高級娼館に通う人物の居場所だ」

　察しのいいウィニフレットはすぐに気がつき、その細い眉をひそめる。

「もしかしてワグナール子爵の屋敷が知りたいの？」

「そうだ」

「なぜ？　そんなことよりもここから脱出するのが先決ではないの？　今、街の住人に捕まればまた捕虜にされるわよ。いえ、次は縛り首かも」

　お姫様のほうを見ると、

「シスレイア姫以外、生かしておく理由はないわ」

　と言い切る。

　クロエも主張する。

「今、子爵の屋敷に向かうのは危険です。我々を一網打尽にし、これ幸いと罪を住人になすりつけてくる可能性が高いです」

「だろうな、子爵はケーリッヒの腰巾着だ」

「ならば進んで虎口に飛び込まなくても」

「大丈夫、子爵という名の虎は息がくさいが、その分、歯が貧弱だ。付け入る隙がある」

「つまりなにか奇策を弄するのですね？」

シスレイアは真剣な表情で尋ねてくる。

「その通りだ。ま、楽しみに見ておいてくれ」

「はい、歌劇の桟敷席にいるような感覚で拝見させて頂きます。レオン様はその知略で観客を虜にしてしまうのです」

「だといいが、ともかく、この一連の茶番劇には最高の結末を用意するつもりだ」

原作 兼 脚本家 兼 演出家の俺は物語のエンディングにこだわるのだ。

「駄作でも最後が締まっていればそれなりの出来になるのさ」

そう持論を述べるとウィニフレットに耳打ちする。

彼女の大きな耳に秘策を打ち明ける。

彼女は「ふむふむ」と真面目に俺の話を聞き始める。

三分ほどで詳細を話し終えると、彼女は俺のことを呆れた表情で見つめる。

「天秤師団には切れ者の軍師がいると聞いていたけど、それはあなたのことね？」

間接的に俺の策を褒めるウィニフレット。彼女は続ける。

「今の策ではっきりと分かったわ。マコーレ要塞を奪還したのはあなたの手腕でしょう」

「全部、姫様の手柄だよ」

「嘘つき。今日、直に会って分かったけど、姫様は人を惹き付けるカリスマ性はあるけど、知将タイプではないわ」

「ま、そういうことにしておいてくれないか。賢い君ならば分かるだろう？」

「そうね。たしかにあなたのような着た切り雀の魔術師がマコーレ要塞を落としたと記事を書くよりも、美人の姫将軍が落としたというほうがニュースソースとしては優秀」

「というわけだ。これからも定期的に君にニュースソースを提供するということで、黙っておいてくれると嬉しい」

「よろしい。手を打ちましょう。――ただし、この作戦の手伝いをするのは別枠」

「それは王都に帰ったら食事をご馳走するというのはいかがかな？」

「トパーズ通りにあるシェラスコの店に連れて行ってくれるのならば」

「軍人 兼 宮廷魔術師の給料ではきついな」

「そんなに高い店ではないわ。でも――」

「でも？」

ウィニフレットは俺の肩越しに視線をやる。

「お姫様とメイドさんも連れて行ってほしそうにしている」

軽く振り向くと、たしかにその通りだった。

「……ま、二職分、給料をもらっているし、たまには奢るのも悪くないか」

そう言うと彼女たちを食事に連れて行く約束をし、ワグナール子爵の屋敷に向かった。

†

ワグナール地方の領主、デザント・フォン・ワグナール子爵。

彼と同じ名字を冠するこの炭鉱街の中心地にある彼の屋敷。

一目で広大な敷地を持つと分かるが、それ以上に驚くのは周囲を囲む見上げんばかりの壁だろうか。

「……巨人対策でもしているのでしょうか？」

ぽつりとつぶやくのはシスレイア姫。

「巨人を駆逐するのが目的かどうかは分からないけど、子爵はとても疑り深い性格をしているようね」

答えるのはウィニフレット。

皮肉気味に補足する俺。

「自分が悪党だという自覚があるのだろう。だから自分の屋敷を城塞化し、常に軍隊を常駐させているんだ」

「いつ反乱を起こされるか、分からないものね」

「実際、起こされつつあるしな」

皮肉気味に言うとメイド服姿のクロエが尋ねてくる。

「これから子爵のもとへ向かって、彼と直談判しますが、我らには策を教えてくれないのですか?」

「教えてもいいが、観客にネタバレするのもなんだしな」

「これは劇ではありません。姫様の将来、それに民の暮らし、いえ、国の命運が掛かっているのです」

「だからこそだよ。姫様は人がいいだろう?」

「超善人です。聖女です。神の子です」

「そんなよい子があらかじめ策略の種を知っていたら顔に出てしまうだろう?」

「たしかに」

「俺はこれから子爵を欺くんだ。こういうペテンは俺の領分だ」

ウィニフレットはこくりとうなずくとその場を立ち去った。

それを確認すると俺は子爵の屋敷の門を叩く。

無論、反乱前夜のこの状況、兵士たちは殺気立っていた。声が荒立つ。

即座に俺たちを捕縛しようとする兵もいたが、声高に叫ぶ。

「我々は恐れ多くも国王陛下の勅令をたまわり、この地に派遣されたものである。その我々に無礼を働くということは国王陛下に対して無礼を働くも同義であるが、貴官らはそれを分かっているのか？」

俺の迫力ある啖呵が効いたのだろうか。兵たちは動揺し、相談している。

小声でクロエがささやいてくる。

「……素晴らしいです。国王陛下を尊敬しているわけではないのに、まるで忠臣のような口上です」

「尊敬しているさ。姫様の父上だしな」

「将来の義父になるかもしれませんし、そう言うしかありませんね」

と言うと一際偉そうな将官がやってくる。どうやら子爵の私兵を率いる指揮官のようだ。

「これはこれは、天秤師団の皆さん、このたびは我らの応援に来てくださり、ありがとうございます」

「応援かどうかは分からないが、国王陛下の名のもと、この国を蝕む疾患を除去できれば、と思っています」

「ならばどうか主にお会いください。正義は我が主にある。この地は子爵が国王陛下からたまわったというのに、やつらは反乱を企て、納税の義務を放棄するのです」

「らしいですな。ま、詳細は子爵本人の口から」

と言うと彼は俺たちを子爵の屋敷の応接間に通してくれた。

子爵の屋敷の応接間は想像以上に豪華だ。いたるところに調度品があり、高名な芸術家の美術品もある。

王族であるシスレイアの館よりも立派なような気がした。

ただ、それについてはクロエが反論する。

「おひいさまの館は質素なものです。他の貴族たちにくらべればささやかな暮らしをしています。ここが立派で豪華すぎるだけです」

「だろうな。つうか、絵画の王様と言われたユエシール作の宗教画があるぞ。あれは子爵程度の爵位のものが持っていていいものじゃない」

「そうね。本来ならば王立美術館に所蔵されていてもおかしくない」

「そのほうが国民のためだな」

と、やりとりしていると、ちょびひげをはやした中年の男が入ってくる。

「はっはっは」

と大声を上げながら。

「これはこれは姫様、おひさしゅうございます」

「会ったことあるのか？」

小声で尋ねるが、シスレイアは首を横に振る。

「……おそらくはパーティーかなにかで」

ですが、と姫様は続ける。

「……失礼かもしれませんが、顔は覚えていません」

申し訳なさそうに言う姫様を慰める。

「ま、気にしなさんな。つまりやつは取るに足りない存在ってことさ。俺の書いた筋書きでもすぐに退場する」

そんなやりとりを終えると、姫様は彼と握手を交わし、「お久しぶりです」と言う。

「いやいや、本当にお久しい。子供の頃以来かもしれませんな。ここ数年、私は領地にこもって領地経営に明け暮れていましたから」

上機嫌に言う子爵に、俺は遠慮なく言う。

「領地経営ではなく、領地収奪の間違いではないですか?」

その言葉にカチンときたようだが、子爵は激高することなく、むすっとしながらもシスレイアに俺が誰かを問う。

「このものはわたくしの腹心です。宮廷図書館に勤めながら軍師もしてもらっている魔術師様です」

「……ほう、宮廷魔術師か」

うさんくさげな目で見つめてくる。

「姫様の腹心ということだから許すが、口の利き方に気をつけるのだな」

「では気をつけて言いますが、子爵、あなたが反乱を起こされたのは自業自得ではないのですか？」

「民のほうに正義があると？」

「この街に潜入して俺はそう思いましたが」

「反乱軍と接近したのか」

「彼らは義勇軍と名乗っています」

「やつらは俺に逆らう反逆者だ。国王陛下に逆らう賊徒だ」

「その論法が軍事法廷で通用するといいが」

「……その物言いはことを法廷に持ち込むつもりか」

「そうだけど」

「やめろ。無駄だ」

「そうでしょうか」

「お前も貴族の端くれならば知っているだろう。民がどれほど愚かで無意味な存在か。やつらは貴族に奉仕するために存在するのだ」

「民の労働の成果を収奪して生きるのが貴族だと？」

「それが貴族に生まれたものの特権だろう」

子爵はそう言い切ると、姫様を見つめる。

「……シスレイア姫もこの男と同じ考えに見えますな」

シスレイアは嫌悪の感情を隠さない。

「わたくしは子爵よりも民の味方をしたいと思っています。ですが、一報聞いて沙汰するな、と、母に言って聞かされました。もしも子爵にも言い分があるのならば、軍事法廷で主張してください。この国の法廷は正義とはなんであるかを知っています」

「……なるほどね。小娘だからなんとか丸め込もうと思ったが、無駄だったかな」

「……え？」

シスレイアがそう漏らしたと同時に、扉が開け放たれて兵士が乱入してくる。

「悪いが姫様、ここで死んでもらう。……そうだな、死因は刺殺。血迷った反乱軍に殺された、という筋書きはいかがでしょうか？」

「レオン様がおっしゃっていた筋書きにそっくりです」

「悪党は観客を驚かせようというサービス精神がないから、ストーリーに意外性を持たせないんだ」

俺がそう言うと、襲いかかってくる敵兵。

その第一陣をクロエが露払いする。

懐の懐中時計に魔力を込めると、それの鎖が蛇のようにうねり、敵をなぎ払う。

一撃で複数の敵が吹き飛ぶ。

それを見ていた子爵は苦虫をかみつぶしたような顔をする。

「っち、この女、ただのメイドじゃないのか」

クロエはにこやかに微笑む。

「ドオル族の戦士にございます」

「薄汚い亜人か」

「恐縮です」

と言うと懐中時計で子爵を狙うが、それは兵士によって防がれる。子爵の兵士の中にはなかなかの手練れがいるようだ。

俺は窓から外を覗く。

「撤退するのですか？　レオン様」

「ああ、なかなかに強い兵もいるし、それにこの数だ。いくらクロエと俺でもどうにもならない」

「そんなことはありません。——と言いたいところですが、そうかもしれませんね」

クロエは苦笑を漏らしながら兵士とつばぜり合いを演じている。

このまま捕まれば子爵に殺されるだけ、冷静に戦力を分析した俺は右手に炎を宿らせる。

《火球》の魔法を唱えると、挨拶代わりにそれを敵兵にぶつける。

一瞬で燃え上がる兵士たち。それを消そうとする魔術師。

敵兵には魔術師もいるようだ。それに敵兵は屋敷の奥から無尽蔵に湧き出てくる。戦況不利なのは誰の目にも明らかだった。

そう思った俺は、左手を挙げると呪文を詠唱する。

簡易呪文だ。禁呪魔法も放てる俺であるが、実は一番重宝するのは簡易魔法だったりする。

旅の途中、薪に火を点ける《着火》の魔法。

泥水を飲料水に変える《浄化》の魔法。

——そして辺りを光に包む《閃光》の魔法。まばゆい光によって敵兵の目は奪われる。

シスレイアは「さすがはレオン様です」と賞賛してくれた。

俺は感心しているシスレイアの手を引くと、そのまま窓を開け放ち、縁に足を掛ける。彼女も同じ動作をするが、少し戸惑っている。

スカートだからではなく、単純に二階から飛び降りるのが怖いようだ。

そんな彼女の右手を握りしめると言った。

「——俺を信じてくれ」

「——はい」

彼女のその言葉を聞いた俺は《浮遊》の魔法を掛け、ゆっくりとした速度で庭に落ちる。

ぷかぷかとクラゲのように庭に落ちると、シスレイアは言った。

「さすがはエルニア一の宮廷魔術師です」

「本業は司書だよ」

そう言うと先ほどいた場所を見上げる。するとクロエが大空に飛び上がる瞬間が見える。

逆光でスカートの中は見えないが、俺は落ちてくるクロエを地面でキャッチする。

お姫様抱っこされる形になったクロエは軽く頬を染めながら、

「お姫様抱っこをされてしまいました。――お姫様ではないのに」

と言った。

返答に困っていると、シスレイアはにこにこしながら、

「女の子は皆、お姫様なんですよ」

と言った。

ある意味、真理であるので異論は差し挟まないようにすると、俺たちはそのまま子爵の家の庭を駆け抜けた。

†

子爵の屋敷の庭を駆ける三人――

子爵は窓から逃げられるとは思っていなかったのだろう。庭の警備は手薄だった。

しかしそれでも数人の兵士が襲いかかってくる。俺は彼らをなんなくはね除(の)けると、屋敷を囲む

壁に到着する。

壁の側（そば）によると、クロエがくるりと翻り、追撃の兵を押さえる。

阿吽（あうん）の呼吸で行われる役割分担。俺たちは最高の相棒なのかもしれない。

というわけで俺は自分の仕事をする。

壁の近くに小さな木があることを確認すると、自然魔法の秘術でそれを成長させる。

にょきにょきと伸び、瞬く間に巨大化する木。

それを登って壁に飛び移る作戦であるが、心配なのはお姫様だ。

お上品を絵に描いたような彼女が木登りできるだろうか、と思ったが、それは杞憂（きゆう）だった。

「レオン様、馬鹿にしないでくださいまし。わたくしはこう見えても下町出身、幼き頃は男の子に交じって木登りくらいしました」

とスカートの裾を縛り、「うんしょ」と登り始める。

意外と器用に登ることに驚く、俺は次いでクロエを登らせる。

「俺が代わる」

と追撃の兵士との戦いを引き継ぐ。

「私が引き受けますのに」

「今、一緒に登ると女性陣の下着が見える」

「紳士なのですね」

「ああ、家に帰ったら辞書で紳士の項目を引いてみろ。レオン・フォン・アルマーシュのこと、って書かれているはずだから」

そううそぶくと、火球を敵兵に浴びせる。

その後、魔法を放つ敵兵と距離を保つと、颯爽と《飛翔》の魔法で壁の縁に立つ。

「木登りは苦手でね。本好きのインテリだから」

そう戯けると、姫様は俺に抱きつく。《浮遊》の魔法を掛けることが分かっているのだ。クロエも俺に抱きつく。

「クロエはこの程度の高さはへっちゃらだろ？」

「おひいさまばかりずるいです。私も綿毛のような気分を味わいたいです」

「ま、減るものじゃないからいいけど」

と言うとふたりの美女を抱きかかえ、壁から飛び降りる。

右手に銀色の髪を持つ太陽のようなお姫様、左手に赤髪の可憐なメイドさん。

このような美女ふたりに抱きつかれるなど、アルマーシュ家の歴代当主にもいなかったはずだ。

そういった意味では、ご先祖様孝行な息子なのかもしれない。

そんなくだらないことを考えながら、子爵の屋敷を背にし、『彼女』との約束の地に走った。

シスレイア姫とその軍師、それにメイドを逃がした、と知ったワグナール子爵は烈火のごとく怒り、そのちょびひげを震わせた。

自ら兵を率いて彼らを捕縛する！　と言い放つ。

私兵たちは子爵の指揮能力の低さを知っていたから、諸手を挙げては賛成しなかったが、それでも主が出向くのであれば仕方ない、と、出立する。

「あの小娘はどこに逃げた？」

子爵は問う。兵士は答える。

「そう遠くまでは」

すると斥候から報告が入る。

「シスレイア姫を町外れで捕捉しました」

その報告を聞いた子爵は、にやりと笑う。

「やはり女の足ではこの程度か」

子爵は兵を叱咤する。

「これから騎馬隊を率いて町外れに向かうが、シスレイア姫を捕縛したものには金貨一〇〇枚、軍師を殺したものには金貨三〇枚、メイドを殺したものには金貨一〇枚をやろう」

その言葉を聞いて兵士たちは士気が上がるが、さすがは子爵の私兵、部下に「倫理的」「紳士」という感性はなかった。

「子爵、姫様はともかく、あのメイドは好きにしてもいいんですよね？」

子爵は答える。

「一国の姫様をどうにかしようとはさすがに恐れ多いが、まあ、その侍女ならば好きにして構わない」

その言葉を聞いた私兵は「おお！」と喜ぶ。

子爵は下卑た冗談を言う。

「しかし、あのメイドはなかなか気が強そうだ。一物を噛(か)みちぎられないよう注意するように」

と言うと兵たちは笑いに包まれるが、その不快な笑いも止まる。

急に倫理観に目覚めたわけではない。前方に獲物を発見したのだ。

「どうやら俺の兵と戦っているようだな」

「別働隊が捕捉していたようです」

「手際のいい部隊だ。これで逃げ場はないな」

「はい。我が部隊は騎馬隊で編制されていますが、後続から歩兵が次々と援軍にやって参ります」

「ふむ、完璧な作戦だ。ま、援軍など不要だがな、さあ、騎馬突撃をしろ！　そのサーベルであの軍師の首をはねるのだ！」

「女は殺すなよ！」と補足する子爵の副官。「ははは」と笑いが漏れる。

騎馬兵たちはその命令を正確に守った。

一糸乱れぬ隊列でレオンたちのもとへ突撃すると、一糸乱れぬ様でそのまま穴に落ちる。

――ぽかり、と急に開いた大地の口に飲み込まれる。

後方にいたため、その穴に落ちずに済んだ子爵は叫ぶ。

「な、なんだこれは？」

レオンは即座に返答する。

「落とし穴だよ。貴族の坊ちゃんには馴染みが薄いかな」

「ば、馬鹿な落とし穴だと？　そのように単純な手を使うのか!?」

「罠ってのは単純なほうがいいんだよ。見てみろよ、お前の部下は皆、しこたまに打ち付けられて気絶しているぜ」

部下たちはたしかに皆、地面に叩き付けられ、気を失っていた。中には首の骨があらぬ方向に曲がっている兵も見える。

しかし、この落とし穴、どうやって作ったというのだろうか。屋敷から逃げ出してから十数分しか経っていないというのに、と思っているとローブ姿の魔術師は答える。

「これは《採掘》の魔法で掘ったんだよ。事前にとある女性に掘りやすい土質の場所を探してもらって」

「……く、くそー、おのれー。小賢しい真似をしおって」

「小賢しい、か。軍師には最高の褒め言葉だよ」

「しかし、勝った気になるなよ。お前たちは包囲されつつある。まもなく後方から歩兵が援軍に駆けつけてくれるはず」

「ほう、そりゃ大変だ」

じゃあ、と続ける。

「街の外へ逃げればいいのかな、俺たちは」

「それも無駄だ。先ほど連絡があった。今、ケーリッヒ様が軍隊を率いてこの街に向かっている。反乱軍を殲滅し、国王陛下に安寧をもたらすためにな」

「ケーリッヒ自ら出陣か。それは計算外だな」

「そうだろう。二個師団、一〇〇〇〇の兵が賊徒どもを皆殺しにするのだ」

はっはっは、と高笑いを続ける。

「そりゃ、やばいな。当然、俺たちも殺されるんだろうな」

「当然だ。お前たちは今回の反乱の裏側を知ってしまったからな」

「ああ、お前がケーリッヒのやつに賄賂を渡すため、民から収奪し、それに怒った民が蜂起したんだろう」

「少し違うな。ケーリッヒ様が次期王位を継ぐため、だ。それに民から収奪しているのではなく、貴族の正当な権利として徴収しているだけだ」

「税を支払うために餓死した老人、娘を身売りしたものもいるって聞くぜ」

「当たり前だ。やつらはおれに奉仕するために生まれてきたんだ。税を払えないなら首をくれ。

女は街角にでも立つんだな」

「ゲスだな。そのことはケーリッヒも知っているのか？　民の血で汚れた金だと知って受け取っているのか？」

「当然だ。そのお陰で王都からの調査官も説き伏せることができたし、今回も派兵してもらっているのだ。というか、そもそも発案者はケーリッヒ殿下だ」

「なるほどね。賄賂を出すほうも受け取るほうもクズだった、というわけか」

「賄賂ではない。おれの未来を切り開く道を黄金で舗装しているだけだ」

「あっそ、しかし、その黄金の道というやつもこれまでかもしれないぜ」

「気でも狂ったか？　追い詰められているのはお前だぞ」

子爵がそう言うとレオンの周りを歩兵が囲む。

どうやら歩兵たちが援軍にやってきたようだ。

「案外早かったたな」

周囲の兵を確認する。一〇〇兵はいるだろうか。さすがにここまで多いと俺とクロエでもどうにもならない。

「余裕顔でいられるのもここまでだ。さあ、泣いて命乞いをしろ。土下座し、土を食(は)みながら許しを請え」

子爵は心底意地の悪い顔で言う。クロエには「裸になって踊れ」と命令する。

クロエは「救いようのないゲスですね」心底冷たい表情で言い放つ。

「なんだ、命乞いはしないのか。まあいい。ならばここで死ぬまでだ。恨むならば己の好奇心を恨め。この街に潜入せず、勅命通りに反乱軍を駆逐していれば死なずに済んだものを」

もっとも、と子爵は続ける。

「どのみち、ケーリッヒ様に逆らったものに命はない。反乱軍を鎮圧したとしても姫の命は長くなかっただろうがな」

そう言うと子爵はシスレイアを見つめる。

シスレイアはきっと見つめ返すが、口は開かない。信頼すべき軍師がなにかしようとしていると知っていたからだ。

レオンは姫様の期待に応えるように右手を挙げる。

「さあて、茶番はここまでにしようか。ウィニフレット、出てきていいぞ」

そう言うとウィニフレットは大きな機械のようなものを持って木陰から出てくる。

その奇異な姿に子爵は驚く。

「な、なんだ、その機械は。それにその娘は」

「なんだ、子爵は録音機も知らないのか？」

「録音機だと!?」

「そうだ。古代魔法文明の遺物。いや、最近はドワーフも開発に成功したんだっけな」

ウィニフレットのほうを見ると彼女は、

「その通り。このモデルはアース・インダストリィ社の最新モデル」

「最新モデルにしては大きいな」

「これでも従来比五〇パーセントの小型化に成功したのよ」

「それは素晴らしい。だからハーフエルフの女性記者にももてるんだな」

そうね、と、うなずくハーフエルフの記者。

「な……!? その娘、記者なのか!?」

「そうだよ。彼女はサン・エルフシズム新聞の記者」

「サン・エルフシズムだと!?」

「そそ、この国で一、二位を争う発行部数を誇る大新聞」

ウィニフレットは自慢げに言う。

「つまり、こういうことだ。ここにきてからのお前の会話はすべて録音させてもらった」

そう言うとワグナール子爵は顔を真っ青にして、震え始めた。

†

「ば、馬鹿な、今までの会話をすべて録音されたと言うのか……」

膝を震わせるワグナール子爵は声も震えていたが、彼の部下は意外にも冷静だった。

「子爵様、まだ諦めるのは早いです。というか、サン・エルフシズムなど恐れるに足りません。ケーリッヒ様に頼めば記事ごと、いや、記者ごと握りつぶせます」

「そ、そうか。その手があったな」

「それに、あれは録音機なのですから、あれを奪取し、破壊すればいいのです」

「あれは録音機だものな、あれさえ破壊すれば証拠はなくなる」

にたりと悪党の笑顔を取り戻す子爵。

笑いを堪える俺。

「伯爵よ。お前さんはほんと馬鹿だな」

「なんだと！」

「いや、今の会話も当然、録音されているんだよ。証拠隠滅の罪も加わったぜ」

「五月蝿い。録音機を破壊すればチャラだ」

「そうかな？　これは録音機だが、最近の録音機ってすごいんだぜ？」

と言うと録音機の先に付いているケーブルを持ち上げる。

「……それはなんだ？」

「これはあそこにあるアンテナに繋がっている」

「アンテナだと？」

木陰にのほうにあるアンテナを見る子爵。

「あれは王都の方向に向けられている。そして今、王都の広場でこの会話が生放送されている」

「な、なんだと!?」

子爵を含め、敵兵、全員が驚愕(きょうがく)する。

う、嘘だ！　と主張する子爵のため、広場の光景を魔法で見せる。

「ほら、見てみろ。王都の住民はお前とお前のボスの悪辣さに呆れているぞ」

魔法によって映し出される映像。

そこには足を止め、ぽかんとことの様子に聞き入っている市民が映る。

黒山の人だかりができている。

その光景を見た子爵はひげを震わせる。

「……き、貴様らぁー！」

「いい顔だ。俺を殺したくてしょうがないって顔をしているぞ」

「当然だ。ここまでされて許せるものか！」

「だろうな。さて、それでもお前は余裕に見えるが」

「当たり前だ。おれはケーリッヒ殿下の腹心だぞ。ケーリッヒ殿下の権力でなんとか生き延びる。

軍事裁判に掛けられるかもしれないが、無罪を勝ち取る」

「そうか。悪党のくせに諦めが悪くて感心する。しかし、お前のボス犬のケーリッヒはお前のことなど、どうでもいいと思っているぞ」

「そんなわけあるか」

そう主張する子爵の蒙(もう)を啓(ひら)くため、俺は子爵の手前に防御陣を作る。

それを見た子爵は「ひいっ」と、のけぞるが、次の瞬間、次々と兵士たちが倒れる。

なにごとだ!? と腰を抜かす子爵、最初は俺の魔法によって兵たちが倒されたと勘違いしたようだ。しかし、そうではないと気がつく。火薬が炸裂(さくれつ)したような音も聞こえたからだ。

「い、今のは銃の一撃?」

「そうだ」

と振り向くと、そこにはエルニアの正規兵がいた。

「あれはケーリッヒの親衛隊だな」

「で、殿下の直属部隊!? ば、馬鹿な!? あれは我らの味方だぞ」

「そう思っているのはお前だけのようだぞ。と言うか、先ほどの茶番、ケーリッヒにも伝わったようだ」

「どういう意味だ?」

「アホだな、子爵。お前は切り捨てられたんだよ。このままお前ごと俺たちを殺して、すべてをなかったことにしようとしているのさ」

「な、なんだと!?」

子爵は信じられない、という顔をするが、それは敵軍の行動によって打ち破られる。

ケーリッヒの親衛隊は銃を構えると第二射を放ってくる。

それを見た俺はシスレイア姫たちを俺の後方に呼ぶ。一応、子爵も。

後方に集まったことを確認した俺は、目の前に球状の防御壁を作る。

敵軍は銃を放つが、球状の防御壁はなんなく敵の弾をいなす。

「な、なんだ、この魔法は。すごい」

「防御壁を球状にすることによって力を拡散させる。こうすればちょっとの魔力で強力な銃弾も防げるんだ」

そう言うと第三射も防ぐ。

それを見ていたシスレイアは、

「すごい……」

と驚愕するが、そのメイドであるクロエはただ賞賛しているだけではなかった。

「今回の生放送作戦、それに敵の攻撃を防ぐ手腕、どれもが素晴らしいですが、この窮地を脱する策もお有りなんですよね？」

クロエは自分の身よりも姫様の身が心配のようだ。

俺は彼女を安心させるために言う。

「もちろんだ。宮廷魔術師レオン・フォン・アルマーシュに死角はないよ」

そう言うとクロエは安心した表情でにこりと笑ってくれた。

†

シスレイアの次兄、ケーリッヒの親衛隊による銃撃を防いだ俺。

虚を衝いたと思ったケーリッヒの親衛隊は動揺し、後退を始める。

後方にいる他の師団と合流し、改めて俺たちを倒そうというのが彼らの腹づもりのようだ。

その策は兵法に則ったもので正しかったが、こちらとしては時間を稼げて助かった、というのが本音だった。

「いったん、子爵の私兵ごと退いて、街に籠もる」

その作戦を聞いた子爵は驚く。

「その口ぶりだとおれたちごと救ってくれるのか？　お前たちを謀殺しようとしたおれたちに慈悲をかけてくれるというのか」

「慈悲？　そんなだいそれたもんじゃないよ。敵の敵は味方ってやつだ。子爵、あんたの兵とあんたの館を借りて籠城したい」

「おれの屋敷に……」

「ああ、そこならば長期間籠城できそうだしな」

「……それは構わないが、おれは街の人間に恨まれている。今さらおれと一緒に戦いたいものなどおるまい」

「だろうな。だから粉骨砕身、街の人に尽くせ。領主本来の役目を果たせよ」

「領主本来の役目？」

「領主の役目は民から税金を徴収する代わりに民を守ることだろう。今、ケーリッヒはお前や民ごとこの街を消そうとしているんだ。今、立ち上がらないでどうする」

「……分かった。信じてもらえるかは分からないが、民と協力し、ケーリッヒと対峙する」

「やっと改心したか」

「……ああ、おれの目が狂っていた。ケーリッヒ殿下ならばこの国を変え、諸王同盟の中で確固とした立場を築き上げ、おれも引き上げてくれると信じていたが、それはただの妄想だったようだ。もはや、やつにはなんの義理もない」

子爵は唇が噛み切れんほどに悔しさを滲ませると、私兵を率いて自分の屋敷に戻る。

俺はそのまま街の酒場に行くと義勇軍のリーダー・オルガスに話を付ける。

実は先ほどの子爵とのやりとりをすべてこの街の広場でも流していたので、話は簡単であった。

子爵が改心してくれたなどとは夢にも思わないし、やつがこの街の住人にしてきた数々の悪事は許せないが、それでもこの街を守るため、一時的に共闘する旨を伝えてくる。

「さすがは義勇軍のリーダーだ。話が早い」

「背に腹は替えられない。それにすべてが終われば子爵は逮捕されるのだろう？」

「それは間違いない。子爵はケーリッヒに切り捨てられた。すべてが終われば王都に連行されて縛り首だろうな」

「だからこそケーリッヒに対する怒りが燃え上がっているのか」

「そうだ。そこを信頼して今回は共闘してくれ」

断言すると、オルガスは納得してくれた。次いで子爵のことよりも差し迫った難題に話題は移る。

「子爵の屋敷、それに子爵の武器庫を開放してもらえるのは嬉しいが、この街は小さい。集められる兵は三〇〇くらいだぞ」

「それプラス子爵の私兵一〇〇か」

「老人や子供を動員すればあと二〇〇はいけるかな」

「それはやめておこう。軍師レオンは数よりも質を重視するんだ」

「しかし四〇〇程度の兵でケーリッヒの親衛隊には敵わないだろう。一〇〇〇〇近い兵がいると聞いたが」

「ケーリッヒの動かせる最大総員数を率いているらしい」

「無理だな。二五倍の正規兵を市民兵で倒すなんて」

「なあに、そんなに難しいことじゃないさ」

のんきに言い切るが、オルガスは心配を隠せない。

ただその中でも俺に全面的な信頼を寄せてくれる女性がふたりいる。

彼女たちの名は、シスレイアとクロエ。俺の御主人様とそのメイドだ。

彼女たちは確信に近い表情で言う。

「レオン様は今まで数々の困難を乗り越えてきました。今回の試練も無事果たされることでしょう」

昨日までの実績が明日の成功を約束するわけではないが、これまで起こした数々の奇跡は彼女たちに確固とした信頼感を植え付けていたようである。

どのように困難な命令も受け入れる、と言い放つ。

その姿を見て感化されたわけではないだろうが、酒場の地下に潜伏していた女子供も立ち上がる。

「あたしたちは戦闘には出られないけど、その代わり掃除、洗濯、飯炊き、なんでもやるよ。あんたたちが十全に力を発揮できるようにサポートするから」

「俺も伝令頑張るよ！」

と笑顔を見せるのは鍋をかぶった少年だった。

以前、俺たちが地下で囚われていたとき、世話をしてくれた人たちである。

彼女は俺たちが逃げ出したことを責めることはなく、逆に俺たちを励ましてくれているのだ。

なぜだ？　と尋ねると彼女たちは言う。

「もともと、あんたたちが善人だっていうのはすぐに分かったさ。新聞に書かれている姫様の記事もそう言っている」

　にこりと微笑むのはその新聞を書いているウィニフレット。

「それに短い間だったけど、あんたたちと話してよく分かったよ。あんたたちはこの世界をよりよくしようとしている人たちだって」

　シスレイアが食べ物を分け与えた子供が親のスカートの後ろでこくりとうなずく。

「そんな人間があたしたちを助けるために奔走してくれているんだ。あたしたちも働かないと罰が当たるよ。だから男衆を蹴飛ばしてでも、子爵の屋敷に行かせるんだ」

　鼻息荒く言う女衆。

　その言葉を有言実行し、リーダー・オルガスの言葉にさえ従わなかった連中も口説き落とす。

　やはりすべての男は女に頭が上がらないものなのだ。

　そのことを再確認すると、俺は義勇軍を子爵の屋敷に向かわせる。

　ただ、俺自身は向かわないが。

「レオン様、いずこに行かれるのですか？　四〇〇の兵で一〇〇〇〇と対峙するにはレオン様の知謀と指揮能力が不可欠です」

「それは過大評価だな。俺ごときがいくら上手く指揮しても四〇〇の兵で一〇〇〇〇の兵は倒せない」

「なにをそのような弱気な」

「物事を合理的に考えているだけさ。だから俺は指揮能力ではなく、知謀で貢献する」

「と、おっしゃられますと？」

「これから俺は別行動を取る。指揮を君に任せて王都に向かって救援を呼んでくる」

「天秤師団の皆さんを呼んでくるのですね」

「そうだ」

「彼らは精強です。ですが天秤師団はまだ発足したばかり、一〇〇〇名ほどしかいませんが」

「他にも姫様と歩調を合わせてくれそうな将官に声を掛ける。姫様の志に共感してくれた師団長を動かす」

「そうそう都合よくいくでしょうか？」

「いかせるまでさ」

そう言うと姫様に後事を託す。

「この作戦の肝は、俺が王都に戻って、援軍を連れてくるまでの間、四〇〇の兵で一〇〇〇〇兵を釘付けにすることにある」

「……責任重大ですね」

「だが姫様ならば余裕さ。前回も姫様の指揮能力は大いに役立った。姫様には人を惹き付ける魅力があるんだ」

「もしも本当にそのようなものがあるのならば、今こそ、その力を発揮すべきときでしょう」

姫様はそう言い切ると、決心を固める。

そのまま子爵の屋敷に向かうかと思われたが、途中、くるりと回転してくると俺を抱きしめる。

「――おいおい、一国のお姫様がはしたないぞ」

「――すみません、レオン様。しかし、わたくしには勇気が足りないのです」

「勇気？」

「そうです。ひとりで戦う勇気、レオン様なしで戦う勇気です」

「抱きしめればそれが得られるのか？」

「……それは分かりませんが、もうひとつ気がかりが」

「気がかり？」

「はい。なぜだかは分かりませんが、胸騒ぎがするのです」

「胸騒ぎ？」

「はい、そうです。口にするのも憚（はばか）られるのですが、厭（いや）な予感がします。もう二度と、レオン様の『腕』に抱かれることができないような。二度とその温かさを感じることができないような気がするのです」

「……なるほど」

と苦笑する。たしかにその心配は的中するかもしれないと思ったのだ。

四〇〇の兵で一〇〇〇〇の兵を押さえるということ自体、正気の沙汰ではない。普通にやれば確

実に負ける。（無論、そうならないよう策を巡らしてあるが）

お姫様だけはどんな状況下でも救おうとは思っているが、一歩間違えば戦死するだろう。

そんなことが起これば クロエに殺されることは間違いなかったが、そうでなくても俺にも危険は迫っていた。

王都に戻るということ事態、リスクなのである。

ケーリッヒが子爵ごと俺たちを殺す決意を固めたということは王都でも陰謀を巡らせているということであった。

天秤師団の連中は皆、軟禁されているかもしれない。

俺がそこに向かえばそのまま捕縛され、謀殺される可能性もあった。

そうなれば自分が死ぬだけでなく、姫様まで窮地に立たされる。

それだけは避けたかったが、心配ばかりしてはいられなかった。

どのみち、王都に戻り、救援を呼ぶしかないのである。

俺は残された選択肢の中でも最良の道を選ぶつもりだった。

この街の人々を救い、姫様も救う。

もしかしたらなにかしらの犠牲を払わなければいけないかもしれないが、それは姫様の笑顔でないことだけはたしかだった。

俺は姫様の笑顔を見るために、彼女の軍師になったのだから。

第六章 悪魔ケーリッヒ

†

レオン・フォン・アルマーシュと別れ、単独で指揮を執ることになったシスレイア・フォン・エルニア。彼女は緊張した面持ちで言った。

「わたくしの名はシスレイア・フォン・エルニア少将。天秤師団の団長である」

その言葉を聞いたものたち。ワグナールの街の住人、ワグナールの子爵の私兵は、改めてシスレイアの存在を確認した。

「わたくしは国王陛下の勅命により、この街にはびこる賊徒どもを討伐しにきました」

その言葉を聞いてざわめいたのは街の住民だった。ざわめきが混乱に移行する前にシスレイアは対処する。

「無論、賊徒とはあなたがた住民のことではありません。わたくしはあなたがたを圧政に立ち向かう義勇軍だと思っています」

ありがたい、話が分かる、嬉しい、様々な声が上がる。

シスレイアはそれを確認すると、子爵のほうへ振り向く。

「そしてその住民の怒りの矛先である子爵とその私兵の皆さん」

彼らはぎくりと冷や汗をかくが、シスレイアは彼らを追い詰めることはなかった。

「住民の皆さん、そして子爵にも言い分はあるでしょうが、ここはいったん、互いに矛を収めてください」

その言葉を聞き、子爵は感じ入ったようだ。

「……分かった」

「ありがとうございます。ちなみに国王の勅命にある賊徒とは、ケーリッヒだと思っています」

シスレイアはこの期に及んでケーリッヒを兄とも呼ばなくなった。

「ワグナール子爵が賄賂を贈って出世をしようと思ったのはたしかですが、その賄賂も最初は少なかったはず」

「…………」

子爵はうなずく。住民たちも首肯する。

「そうだ。最初はちょっと税金が上がっただけだった。しばらくは我慢していたんだが、やがてどう頑張っても払えないくらいに税金が上がってしまったんだ」

「でしょうね。仮に子爵を除去したとしても次にやってくるのもケーリッヒの息が掛かったものです。さらなる重税に苦しむでしょう」

「終わりがないということですか?」

シスレイアはゆっくりと首を横に振る。

「そんなことはありません。この負の連鎖は今、断ち切ります。ここで『賊徒』であるケーリッヒを打ち倒し、皆を塗炭の苦しみから救ってみせましょう」

実の兄を賊徒と言い放った瞬間、住民たちの顔はほころび、笑顔が生まれる。

その笑顔から歓喜の声が漏れる。


「さすがは救国の姫だ」

「人徳の姫だ」

「次期女王に栄光あれ！」


口々に言う。

シスレイアは一連の演説で住民、それに子爵の私兵の心を摑んだようだ。

「姫様のためならばどんなに強大な敵軍とも戦える」

「一〇〇〇〇の兵がなんぞ！　我らは姫様の直属部隊！」

「是非、我らを天秤師団にお加えください」

このようにしてシスレイアは住民と意識をひとつにすると、強大な敵に備えた。

すでにシスレイアたちが籠もっている子爵の屋敷は敵軍に囲まれていたのだ。

シスレイアはそれを窓の外から見る。

敵軍の数は一〇〇〇〇、大軍に囲まれるのには慣れていたが、さすがに一〇〇〇〇という数は壮大であった。

思わず溜め息が出そうになるが、それを抑えていると、忠実なメイドが話しかけてくる。

「……演説お見事でした」

「演説ではありません。真実を語ったまで」

「ならば姫様の言葉は万民の心に響く魔法言語なのでしょう」

「大げさよ。というかあまりおだてないで、一〇〇〇〇の兵にさえなんなく勝てちゃう、そう思ってしまうわ」

「ですね。しかし、勝算はあるのでしょう」

「もちろん、レオン・フォン・アルマーシュは勝算のない戦いはしないの。その主であるシスレイア・フォン・エルニアも同じよ」

「なるほど、おひいさまはレオン様を信じておられるのですね」

「ええ、レオン様は必ず戻ってくるわ。わたくしたちを救いに」

「それはこのクロエも同じ考えでございますが、当面はここにいる四〇〇名で一〇〇〇〇の大軍を防がねば」

と言っていると、さっそく、子爵から報告がある。

「姫！　シスレイア姫！　北門に敵影が」

「分かりました。それでは一〇〇の兵を差し向けてください」

「一〇〇？　それだけでいいのですか？」

「はい。敵軍も様子見で主力を差し向けてこないでしょう。それに時間差で南門にも敵軍が現れるはずです」

そう言うと数刻後、その予言の通りになる。

その光景を見てクロエは目をぱちくりさせる。

「おひいさまはもしかして軍師としての才能があるのではないですか」

その問いにシスレイアは首を横に振る。

「まさか、わたくしは凡庸な指揮官よ」

「凡庸な指揮官が正規軍を手玉に取れましょうか」

「これには仕掛けがあるの」

と言うとシスレイアは懐から手紙を取り出す。

「それは？」

「これはレオン様がわたくしに託してくれた虎の巻」

「虎の巻？」

「いいえ、虎の巻どころか予言書かも。この手紙には敵軍がどう動いてくるか、わたくしがどうすればいいか、事細かに書いてあります」

「なんと！」

「レオン様はすごいです。今のところ寸分違わず敵軍は動いています」

「それは素晴らしい！　それがあればレオン様がいなくても敵軍を駆逐できるのでは」

「さすがにそれは無理でしょう。なぜならばこの手紙は一週間分しか書かれていません」

「…………」

「つまり、一週間以内にレオン様が王都から援軍を連れてきてくださるか、あるいは戦場に劇的な変化がなければ我らはおしまい、ということです」

「……そうならないように、懸命に戦いましょう」

そう言うとクロエは懐中時計を握りしめた。

†

ワグナール子爵領で奮闘を重ねるシスレイアたち。

「一週間、一週間耐え抜けば、状況に変化が起こります！」

シスレイアは街の住民と子爵の私兵にそう言い続け、指揮を執ってきた。

途中、住民の代表であるオルガスが尋ねてくる。

「姫様、ここまでは完璧です。姫様の采配で我が軍はほとんど損害を被らず、逆にケーリッッヒの軍に大打撃を与えています」

——しかし、と言う。

「姫様の采配でもそのような奇跡は永遠に続かないでしょう。現に日に日に敵軍はおれたちの行動を学習し、手強(てごわ)くなっている」

と言うとシスレイアたちの横を負傷した兵が通り過ぎる。

彼は右手を失い、もだえ苦しみながら担架で運ばれていた。

その光景を痛ましそうに見つめながら、シスレイアは言う。

「オルガスさん、あなたの言うことは正しいです。レオン様が残してくれたこの虎の巻ではもって数日というところでしょう」

「やばいな……。おれたちはこのまま包囲殲滅(せんめつ)されるのか?」

「そうはさせません。——と言いたいところですが、約束できません」

と言うとシスレイアは別の手紙を取り出す。

「それは?」

「これは手紙の上巻を読み終えたときに開けろ、と言明されている手紙の下巻です。あらゆる手段を尽くし、もうあとがない状態になったら読め、とも」

「なるほどね。もしかして今がその状態なんじゃ?」

シスレイアはかぶりを振る。

「まだです。まだそのときではありません。わたくしたちにできることはすべてしましょう。その上でこの手紙を読むべきです」

「なるほど、分かった。それじゃあ、もうひと頑張りするか」

とオルガスは言うと部下を率いて南門に向かおうとする。

途中、くるりと振り返るが。

「……姫様、一週間耐え抜けばなにかあると言ったが、レオンが戻ってきてくれるのか？」

「王都までは早馬で三日です。レオン様ならば一週間もあれば戻ってきてくれるはず」

「それは心強いな。千人力、いや、一万人力だ」

そう言い放つとオルガスは戦斧を片手に戦地に向かった。

シスレイアはその背中を居たたまれない気持ちで見守る。

シスレイアは彼に嘘をついていたのだ。

（……たしかに王都までは早馬を使えば三日。しかし、軍隊はそうではない）

援軍を集めるのに数日、軍を動かす許可を得るのに数日、軍を動かすのにさらに数日、掛かるのだ。

それらを計算すると最短でも援軍がやってくるのは二週間以上先になる。

その間、圧倒的な寡兵で大軍に挑まなければいけないのだ。

しかも敵軍はどんどん増強されていく。

先ほど砲兵が到着したようだ。大砲を備えた部隊が、間断なくこちらを砲撃してくる。

このままでは近いうちに門を破られ、城内に潜入されるだろう。

――そうなれば。

と心の中で漏らすが、その先は続けなかった。

(……指揮官が弱気になってはいけない)

指揮官の弱気は士官に伝わる。士官の弱気は兵に伝わる。

そうなれば勝てるいくさも勝てなくなる、というのは兵法の常識であった。

だからどのようなときも指揮官は毅然としていなければならないのだ。

シスレイアはその後、三日間、不眠不休で指揮を執り続け、レオンとの約束よりも一日長く、拠点を守り切った。

その手腕はオルガスや子爵が舌を巻くほどで、八日目には彼らも姫様の信奉者になっていた。

この方について行けば間違いない。やがてこの姫君はこの国を変えるぞ。そう思ってくれたようだ。

それは有り難いが、ケーリッヒの攻撃は日に日に強勢を極め、その日がやってくる。

ついに子爵の屋敷の南門が破壊されたのだ。

ケーリッヒは砲兵を南門に集中させると、こちらの息の切れた瞬間を見計らい一斉射撃で城門を破壊した。

その光景を見たシスレイアは、

「……衆寡敵せず。我、志なかば」

と漏らす。まるで辞世の句のようであるが、事実、そうであった。

この戦力差で敵軍に侵入を許せばもはや逆転の目はなかった。

あとはもう敵軍に蹂躙(じゅうりん)され、殺されるだけである。

シスレイアは軽くクロエのほうを見るが、彼女はシスレイアを脱出させる気満々であった。

「姫様、ここはいったん退(ひ)き、復讐(ふくしゅう)戦の機会をお待ちください」

と勧めてくる。

「それはできません。軍が破れたというのに、指揮官だけおめおめ逃げるなど。わたくしのような若輩に従ってくれた義勇軍や私兵の皆さんに申し訳が立たない」

そのようなやりとりをし、死を受け入れる覚悟を固めるシスレイアだが、それは思わぬ人物によって阻止される。

いや、思わぬ人物「たち」か。

門を破壊して勢いに乗ったケーリッヒの軍隊の後ろから、怒声のようなものが聞こえる。

「なにごとか?」

と斥候に問うと、斥候は言い放った。

「あれは敵軍です！　アストリア帝国の兵のようです！」

「なんですって!?」

と言うと同時にシスレイアは懐の手紙を思い出す。

レオンから預かった虎の巻の下巻だ。

シスレイアはそれを取り出し、読み始める。

その手紙は一枚だけで、書かれた内容も簡潔なものだった。

「姫様へ。これを読んでいるということは絶体絶命のピンチに陥っていることだろう。そんな姫様のためにプレゼントを用意した。アストリア帝国の軍隊だ。今頃、ケーリッヒのやつの後背を襲っているかと思うが、気に入って頂けたかな？」

なんと宮廷魔術師レオンはケーリッヒを食い止めるため、敵国であるアストリア帝国にケーリッヒの情報を売り渡したのだ。

「今、エルニアのワグナール地方で内乱めいた事態が起きている。攻撃するなら今だぞ」

王国暗部の情報網を使って、アストリア帝国の参戦をうながしたのだ。

なんという鬼謀、なんという知略、シスレイアは今さらながらに舌を巻いたが、感心してばかりもいられなかった。

「兵の皆さん！　今です！　ケーリッヒ軍はアストリア軍に後背を突かれ、浮き足立っています！アストリア軍と歩調を合わせ、挟撃し、ケーリッヒをこの城から追い出してください！」

「おお！」

ふたつ返事で兵たちは動き出し、実行する。

その後、ケーリッヒの軍をしこたまに叩(たた)きのめすと、破壊された門を即座に修復する。

従軍魔術師を使って一時的に補強を重ねる。

「これでケーリッヒの軍隊はしばらく攻め寄せることはできないはず」

シスレイアは改めてレオンの知謀に感謝すると、文字通り一息つく。

「――ふう、助かりました。さすがはレオン様です。まさかこのようなプレゼントを用意してくださるとは」

これでしばらく時間は稼げるだろう。

いや、それどころかケーリッヒ軍とアストリア軍が食い合えば、シスレイアたちはなにもせずにこの窮地を脱することができるかもしれない。

そうなれば重畳極まりないが、シスレイアは最強の軍師でもあるレオンの弟子だった。

そのような希望的観測に身を委ねることなく、粛々と防備を固めた。

†

俺の残した虎の巻とプレゼントによってケーリッヒ軍の侵略を防いでいるお姫様。

一方、俺は同時刻、王都にいた。

ワグナールの街から早馬を使い、二日で到着した。強行軍に強行軍を重ね、通常、三日掛かるところを二日に短縮したのだ。

王都に入る頃には馬を三頭ほど潰していた。

馬にまたがりっぱなしだったので、股間のなにがひりひりするほどであった。

だが気にすることなく、天秤師団の駐屯地に向かうと、彼らを召集しようとしたが、それは憲兵に止められる。

「ただいま天秤旅団はマキシス王太子殿下の命により、指揮権がシスレイア姫より取り上げられています」

そう言い放たれる。天秤師団の士官たちは皆、自宅待機という名の軟禁状態にあるようだ。

「……っち」

舌打ちするが、わめきちらしたり、慌てふためくことはなかった。

今、俺が預かっているのは俺ひとりの命だけではなかった。

俺の双肩にはシスレイア姫とワグナールの街の住民、双方の命が掛かっているのだ。

そう考えれば『絶望』している暇などなかった。そのような贅沢（ぜいたく）な時間、俺にはなかった。

なので俺は最善の方法を最短で選択することにした。

指揮権を返してもらうため、シスレイアの長兄マキシスに直談判（じかだんぱん）しに向かったのである。

俺はマキシスがいるだろう軍事府に向かうと、オフィスの扉を叩いた。

正確にはその前の受付嬢に取り次ぐように頼んだのだが、面会は意外にもすんなり了承された。

おそらくではあるが、マキシスはこの展開を予想していたのだろう。

天秤師団の副官 兼 軍師が苦情を申し入れに来ることを予想していたのだと思われる。

だからであろうか、執務室に通されると、彼はにやけた表情で言い放つ。

「本来ならば貴官のような身分の低いものと面会する理由などないのだが、特別に時間を取ってやった」

感謝するがいい、と続ける。

不遜にして高慢であるが、腹は立たなかった。弟であるケーリッヒとよく似ていると思った。

しかし、この長兄マキシスと次兄のケーリッヒは不倶戴天(ふぐたいてん)の敵同士のはず。なぜ、ケーリッヒに有利に働くような真似(まね)をするのか、単刀直入に尋ねる。

マキシスは答える。

「無論、私は弟のケーリッヒを蛇蝎(だかつ)のように嫌っている。あやつと王位を争っている。だが、それはシスレイアも同じだ。いや、国民の人気という面では弟よりも厄介だと思っている」

「しかしそれでも可愛(かわい)い妹でしょう」

「あいつのことを妹だと思ったことはない。そもそも母が違う」

「だが父は同じだ」

「さて、それはどうだか。あの娘には父の面影がない。しかも端女の子だ。端女は淫売か、淫売予備軍しかいないからな。父上以外の子種でできた可能性のほうが高い」

「…………」

一瞬、どうやったらこいつを苦しめながら殺すことができるだろうか、一、二種の拷問方法が頭に浮かんだが、振り払う。

目下の目的は長兄マキシスを殺すことではなく、天秤師団を動かすことなのだから。

感情に身を任せることは愚策であった。

「援軍を寄越せとは言いません。せめて天秤師団の指揮権だけでも返していただけないでしょうか」

「駄目だ、と言ったはずだが」

「ただでとは言いません。見返りを差し上げます」

「見返りだと？　なにをくれるのだ」

「ケーリッヒの首です」

「……ほう」

興味深げに見つめてくるマキシス。

「殿下は姫が邪魔だとおっしゃいますが、いくら邪魔でも姫はたったの一師団の長、これ以上、伸張しないようにすればいいだけ。軍部にも、政治にもたいした影響力はありません」

「たしかに」

「ですがケーリッヒ殿下は違う。このまま勢力を拡大すればマキシス殿下の王位をはばむ存在となりましょう。どちらを先に取り除くか、自明の理でしょう」

「……なるほどな。一理ある」

ふうむ、と、あごに手を添え、考え始める。

一分ほどで考えがまとまったようだ。すらすらと書類になにか記載したあとに言葉を発する。

「いいだろう」

と言い放つが、彼の言葉はそれだけにとどまらなかった。

「一時的にあの淫売に味方してやろう。天秤師団だけでなく、私の麾下の師団をふたつほど貸す。名目はそうだな、実の妹を謀殺しようとした罪による誅殺だ。ふむ、あやつにはふさわしい罪状だな」

そう言い放ったあとに、マキシスは自分の舌で自分の運命を決する。俺との間に決定的な溝を作る。

「しかし、貴官も粘り強いな、妹のあれの具合はそんなにいいのか？」

さすがは淫売の娘だ、とマキシスが言い放った瞬間、まとまりかけた交渉が決裂する。

俺は黙って右手を差し出す。

それを交渉成立の挨拶と取ったマキシスは鼻を鳴らし、不遜な態度で右手を握り返そうとするが、俺はそれを利用し、彼の右腕を引く。

「な、なにをする」

「今からお前をぶん殴るだけだよ」

「な、馬鹿な。お前、分かっているのか？　俺は王族だぞ。王族を殴りつけたものはその腕を切り落とすことになっているのだぞ。不敬罪と暴行罪だ」

「ならばこの腕、くれてやるから、それ以上、その臭い口を動かすな」

そう言い放つと、マキシスをぶん殴る。力一杯にだ。

数メートルほど吹き飛び、壁に倒れかかるマキシス。

鼻が折れ、血が噴き出す。

「なんだ、おまえも血が赤いではないか。薄汚い赤だが――」

そう言い放つと、言葉を失っている秘書官に語り掛ける。

「さて、俺は女性は殴らない主義なんだ。だからこれから君を眠らせる魔法を掛けるけど、起きあがり、助けを呼んで衛兵がきたら、俺が脅してきた、と言いなさい」

こくんこくん、と、うなずく秘書官に《睡眠》の魔法を掛けると、そのまま書斎にある書類を拝借する。

ぶん殴る前に書かせた天秤師団の指揮権返却の書類に目を通す。

「これで指揮権は姫様に戻った。王都から動かすことができる」

そう口にし、軍事府のロビーに戻ると、そこには筋骨隆々の男がいた。

ヴィクトール少尉だ。それに姫様の幕僚、連隊長クラスの士官が集まっていた。

ヴィクトールはにやりと微笑(ほほえ)みながら言う。

「旦那が王都に帰ってきた、ってことは俺たちを楽しませてくれる、ってことだよな」

「ああ、戦争だ。今度は一〇〇〇〇の軍隊が相手だ」

「知っている。ケーリッヒが姫様ごとワグナールの街を消そうとしているんだよな」

「そうだ。一応、師団を動かす書類はあるが、下手をすれば俺たちは謀反人として処罰されるが、それでもいいか？」

その言葉に動揺するものはひとりもいなかった。

「上等だ。姫様を謀反人扱いする国になんて仕えたくない。最悪、姫様を神輿(みこし)に乗せて、アストリア帝国に亡命しようや」

「それも悪くないな。一応、こちらの大義名分としては、不正を働いたケーリッヒが逆ギレして襲ってきたところを返り討ちにした、というものがある。証拠も揃(そろ)っている」

「じゃあ、なんとかなるのか」

「さて、国という機関は証拠など簡単に握りつぶせるからな」

「違いない。身に覚えがありすぎるよ」

ヴィクトールは不敵に笑い、同意するが、それでも付き従ってくれるようだ。他の士官も同じである。

「さあて、御託はいい。出立しようぜ、軍師様」

ヴィクトールたちはそう言うと足早に軍事府を去った。

†

このようにして兵を動かすことに成功した俺。

他の正規軍の応援は得られなかったが、この際それは仕方ない。

というか天秤師団という猛者さえ動かせればあとはどうにかなる、というのが俺の計算だった。

なので俺たちは急いで王都を出るが、ひとつだけ計算違いがあった。

気絶させたマキシスが思ったよりも早く目覚めたのだ。

彼は鼻血の出る鼻を押さえながら、エルニア陸軍司令長官マクレンガーのオフィスへ向かった。

血相を変えて飛び込んだマキシスは言い放つ。

「謀反人だ。謀反人がおるぞ！　司令長官！　やつを逮捕せよ」

軍部での席次は司令長官のほうが上である。しかも司令長官マクレンガーはマキシスのことを好いていなかった。

なので全面的にマキシスの味方をすることはなかった。

「——マキシス殿下、殿下を殴ったことは不敬にして不遜、大罪ですが、殿下にも非がありますぞ」

「元帥は俺に非があるというか！」

「はい。軍の指揮系統は私が掌握するところ。殿下といえども勝手に指揮権を奪ったり、返したりされては困ります」

天秤師団の指揮権のことを指しているのだろう。

それは道理であり、常識でもあったが、特権階級に生まれたマキシスには理解できなかったようだ。怒鳴り散らす。

「ええい、そのようなことはどうでもいい。あの男、レオン・フォン・アルマーシュの首を今すぐ持ってこい」

子供のようにわめきちらすマキシス。司令長官は溜め息を漏らす。

（……このような幼児のような男が王位を継げば、この国も長くないだろうな）

そう思うが、レオンが王太子を殴ったのも事実。なにもしないわけにはいかなかった。

「――分かりました。必ずしも殿下の御意に添えるかは分かりませんが、なにかしらの責任は取らせましょう。取りあえず天秤師団を止める軍を派遣します」

「おお、そうか。さすがは元帥だ。もしも俺が王位を継げば、そのときは必ずその忠誠心に報いよう」

「有り難き幸せ」

最後のほうは互いに白々しい台詞になったが、このようにして天秤師団を止める軍が動き出した。

マキシスは無能を絵に描いたような男だが、エルニア陸軍の司令長官はそうではなかった。

さすがに無能な人物は司令長官まで出世できないのだ。

司令長官は天秤師団捕縛の軍隊を一個師団編制すると即座に送り込む。

騎馬軍団を中心に編制された師団は即座に天秤師団に追いつく。

彼らは天秤師団の五倍の兵力を誇っていた。最新式の銃が配備されている。

さらに彼らはこの国の司令長官直属の部隊だ。それに逆らうのは愚の骨頂であった。

なので俺はひとり、馬を走らせると彼らの指揮官と談判する。


馬で向かうと俺は言った。

「貴軍は司令長官直属の師団と見受けるが、相違はないか？」

「そうだ。我々はレオン・フォン・アルマーシュを捕縛しにきた」

「罪状は？」

「王室不敬罪。王族を殴ったものは腕を切り落とすか、懲役五年の刑だ」

「なるほど、てっきり、国家機密漏洩罪かと思った」

「国家機密漏洩罪？　どういう意味だ？」

「先日、ケーリッヒ殿下の悪事を広場で放送してしまった。それにあの兄マキシスが同じくらいアホだと知ってしまったからな」

そうそぶくと指揮官は困ったような顔をしていた。

その表情が妙に面白かったので、吹き出しそうになるが、そのような暇はないので、手早く済ます。

「貴殿も軍人ならば俺が急いでいることも分かっているだろう。そして俺も貴殿が上官の期待に応えなければいけないことを知っている」

だからこうしないか、と続ける。

「王族を殴ったのはたしかだ、俺はここで罪を償うから、それを見届けてくれ」

そう言い放つと、一瞬も迷うことなく、自分で刑を執行した。

その姿を啞然（あぜん）とした表情で見守る追討軍の指揮官。

文字通り呆然（ぼうぜん）と俺を見つめると彼は言った。

「……貴官の勇気と忠誠心、たしかに見届けました。『これ』を持って司令長官に報告します」

「……そうか。有り難い」

そう言って俺は軽くなった肩口の袖を他人事（ひとごと）のように見つめると、そのまま天秤師団に戻った。

師団に戻ると、顔面蒼白（そうはく）で俺を見つめるヴィクトールに言い放つ。

「ヴィクトール少尉、この師団にはドワーフの技師を随行させていたな」

「……あ、ああ」

ヴィクトールはそう答えるのがやっとのようだ。

「彼をここに呼んでくれ」

ヴィクトールは即座に実行するとドワーフの技師がやってくる。

ドワーフの技師は俺の目の前にやってくると、ぎょっとした表情をする。次いですべてを察したように言う。

「……レオン様はそこまでして姫様の名誉を守ったのですな。――分かりました。このドワーフのドムス、貴殿のその熱い心に報いましょう」

全面的に協力してくれることを誓ってくれた。

「それは有り難い。では、いったん、王都に戻り、工房で俺の言ったとおりの『もの』を仕上げてくれ」

ドワーフの技師ドムスは同意すると、必ず決戦前に仕上げると約束してくれた。

不眠不休で作り上げ、早馬で届けるという。

「有り難い」

と返事をすると、俺は右手で手綱を持ち、ワグナールへ向かった。

天秤旅団は、その後、不眠不休でワグナールに向かい、五日後に到着した。

俺がワグナールの街へ出立してから、九日が経過していた。

レオン・フォン・アルマーシュは最速で王都に行き、最速で援軍を連れて帰ったのである。

その事実にシスレイア姫は驚き、ケーリッヒは驚愕(きょうがく)する。

このようにしてケーリッヒのワグナール包囲網にほころびが出始めた。

†

早朝、王都に戻っていたドワーフのドムスが帰還する。彼は王都の工房で俺の注文に応えてくれていたのだ。彼は弟子と共にさっそく注文していたものを俺に装着してくれる。

「なかなかにぴったりだな。さすがはドワーフといったところか」

「光栄じゃて」

と返事をすると彼に注文していたものの操作方法を聞く。

「頼んでおいた『仕掛け』はどうやって使うんだ?」

「左手に魔力を送り込め」

「こうか——?」

と言い掛けるとドムスが慌てて止める。

「すでに火薬と玉は仕込んであるんだ。弾が飛び出るぞ」

「そうか。それは困るな」

と言うとドムスを下がらせる。不眠不休で『これ』を作り、昼も夜もなく馬を飛ばしてきたのは明白だったからだ。テントで休息してもらう。

ありがとう、と下がるドワーフの背中を見送ると、ヴィクトールがやってきた。

「なかなかに似合うじゃないか、それ」

「だな。ドワーフ様々だ」

「これで身体（からだ）のバランスが取れそうだが、問題なのはこれからだ」

ヴィクトールは東を向く。

「この先にいるはずのケーリッヒの軍隊、それに帝国軍をどうするかだ」

ヴィクトールは神妙な面持ちで尋ねてくる。

彼の心配事をひとつ取り除く。

「ケーリッヒはともかく、帝国軍の心配はない。斥候の報告によると俺がけしかけた帝国軍は数刻前に撤退を完了したようだ」

「旦那が煽（あお）ってケーリッヒにぶつけたはいいが、ケーリッヒを倒すには至らなかった、ということか」

「ああ、しかし、それは当然だ。慌てて用立てたのか、帝国軍は三〇〇〇前後の兵力だった。一〇〇〇〇のケーリッヒに敵（かな）うわけがない。むしろ善戦したほうだよ。後背を突いたおかげでケーリッヒの軍は七〇〇〇を下回っているらしい」

「俺たち天秤師団は一〇〇〇兵ほどだから戦力差七倍になったのか。——焼け石に水だな」

「一〇倍よりましだろう？」

と笑うとヴィクトールも違いない、と同意する。

「それじゃあ、俺たちもケーリッヒの後背からぶすりと行くか」

「そうしよう、と言いたいところだが、それだけじゃ七倍の戦力差は埋まらない」

「ならばどうするつもりだ？」

「王都の援軍がくるのを待つ」

「王都の援軍だと？　そんなものがくるのか？」

「王都に戻ったとき、姫様の親派の将軍に援護を頼みまくった。ひとりでも動いてくれればなんとかなる」

「しかし、そうそう都合良く援護にきてくれるか？　援護にくればケーリッヒにもマキシスにも恨まれるぞ。いや、それどころか国家反逆罪になる」

「かもしれん。しかし、ケーリッヒは軍を私物化し、領民から恨まれている。今、とある新聞社の記者にお願いをし、その証拠を新聞に載せて貰えるよう動いている。もしも新聞に載れば国家を私物化していた奸物として誅殺することも可能だ」

「上手くいかなかったら？」

「俺たち全員、縛り首だよ」

「最悪だな」

「そうだな。これから突撃を噛まし、王族を討ち取るが、やめておくか？」

「まさか。姫様は命の恩人だ。それにおれたちは間違ったことはしていない。その結果、罪に問われるのならばそれも仕方ない」

「有り難い」

「無論、大人しく刑場には行かないがな」

「もしも反逆罪に問われたら亡命すればいいさ。姫さんを担いですたこらさっさと逃げるさ」

「お前さんは亡命者の息子だろう？」

「亡命の亡命だ。よくあることだよ」

「なるほど、ま、男ならば一度くらいは亡命しておくか」

「よし、御託はもういい。援軍がこようがこまいが姫様を助けないと」

ヴィクトールはうそぶくと馬を前進させる。

「そうだ。それでは突撃!!」

そう言うと天秤師団のつわものたちは掛け声を上げる。


「すべてはシスレイア姫のために！」

「この国の平和のために！」

「世界に調和をもたらすために！」

そう叫ぶと、師団の兵たちは我先にと走り出す。その先には帝国軍の攻撃を避け、一息ついていたケーリッヒの軍隊がいた。

一日の内に二度も後背を突かれるとは夢にも思っていなかったのだろう。彼らの防御陣はもろい。紙を裂くかのように敵陣を切り裂く。


その光景を苦々しく見つめるのは、小高い丘に立っている黒衣の男だった。

ローブに付いたフードで頭を隠した男。

彼の名は終焉(しゅうえん)教団の導師エグゼパナという。

この国を――、いや、この世界を影から支配することをもくろむ邪教徒の集団の幹部である。

彼はこの兄妹骨肉の争いの仕掛け人であった。

王位に目がくらんでいるケーリッヒをけしかけ、その妹シスレイアを謀殺しようとしているのである。

エグゼパナは冷酷な声を響かせる。

「……さて、ここまでは完璧に手のひらの上で踊ってくれているが」

その台詞に反応したのは弟子のひとりだった。彼はうやうやしく頭を下げた上で師に尋ねる。

「導師様、あなた様の策略はいつ見ても最高のものでございますが、この時期、この場所でエルニア王国の内紛を起こさせることになにか意味はあるのでしょうか？　アストリア帝国に利するだけではないのですか？」

「たしかにこの内紛劇を見て一番喜ぶのは帝国の連中だろう」

「はい、これでエルニアの国力が低下すれば、エルニアが帝国に侵略され、世界のパワーバランスが崩れるかもしれません」

「その可能性は大いにあるな。しかし、それでも今のうちに天秤師団は取り除いておきたい」

「シスレイア姫はそのように危険な人物なのですか」

「あのように融通の利かない娘が女王になればこの国に張り巡らせた我が教団の『芽』はすべて刈られるだろう」

「それは困ります」

「そうだ。しかし、恐ろしいのはそれだけではない。むしろ、もっと恐ろしいものがある」

「それよりも恐ろしいもの？」

「実は小娘などどうでもいい。あのような甘い娘、いつでも始末できる。しかし、その軍師はそうではない」

「その軍師とはレオン・フォン・アルマーシュのことですか？」

「そうだ」

「しかし、一介の軍師、しかもただの大尉ですぞ」

「階級や身分など関係ない。あの男こそ『天秤の魔術師』よ。この世界に調和をもたらす存在だ」

「あのものが天秤の魔術師……」

「にわかには信じられないか？」

「いえ、導師様がおっしゃられるのならば間違いないのでしょう」

弟子はそう言い切ると、レオンを始末する方策を師に問うた。師はよどみなく答える。

「安心しろ、やつが天秤の魔術師でも始末する方法はいくらでもある。まずケーリッヒの軍隊にはまだ七〇〇〇兵が控えている」

「しかし……」

弟子はそう言うとケーリッヒの軍隊を切り裂く天秤師団を見る。

先頭のヴィクトールが単騎掛けをし、大剣を振り回しながらケーリッヒの兵を斬りまくっている。彼が討ち漏らしたものをレオンが《火球》などの魔法によって討ち取っている。

悪魔のようなコンビネーションで、次々と敵陣を切り裂き、配下の兵も気勢をあげ、敵陣を打ち砕いている。

エグゼパナの弟子が「このままでは……」と言うのも分かるほどの勢いであったが、エグゼパナ本人は安堵(あんど)していた。

（……たったの一〇〇〇兵でどこまでできるものか）

事実、最初こそ勢いよく敵陣を切り裂けたものの、ケーリッヒの軍も然(さ)るもので、落ち着きを取り戻し、陣を立て直しつつあった。このまま陣を立て直し、天秤師団を迎え撃つことができるだろう。さすれば七〇〇〇という大軍が生きるはずである。

なので導師エグゼパナはあまり心配していなかった。それにもしもレオン・フォン・アルマーシュがケーリッヒの軍を破ったとしても、二重の備えをしてあるのだ。

そのことを弟子に話す。

詳細を聞いた弟子は驚愕の表情を浮かべる。

「……なんとケーリッヒのやつに終焉教団の神器を与えたのですか」

「そうだ。もしも軍が破れてもあれを使えば一師団ならば殲滅できる」

その言葉を聞いた弟子は、「さすがは導師様です」と、おちくぼんだ瞳を輝かせたが、次の瞬間、戦場に変化が訪れる。またしても軍師レオンが奇策を使い始めたのだ。

†

ヴィクトールを先頭に立たせ、血煙を上げさせる。

その後方から援護をする宮廷魔術師の俺。

その戦法は最強かと思われたが、それだけで勝てるほどいくさは甘くないことを知っていた。それだけで七倍の敵兵を倒すことは不可能なのだ。

なのでふたつに分けていた部隊を右側面から攻撃させる。騎馬部隊はヴィクトールに率いさせ、歩兵は別の指揮官に任せていたのだ。最良のタイミングで攻撃してくれる歩兵部隊。ふたつに割れた敵軍のひとつを騎馬部隊と共に包囲殲滅しようとするが、そうなると残ったもうひとつの部隊がこちらに襲いかかってくる。それはどうするのだ？　とはヴィクトールの質問であったが、無論、その対策もしてあった。

いや、正確にはその対策をしてくれる部隊があった。

子爵の城から打って出てくれたシスレイア率いる義勇軍が、敵軍の半分を引きつけてくれたのだ。俺の援軍によって士気を復活させた義勇軍は気勢を上げながら突撃を繰り返してくれた。その手腕は見事なもので、姫様の将才はなかなかのものであった。

「これは俺が戦死しても後顧の憂いはないかな」

その冗談にヴィクトールが苦言を呈す。

「おれは姫様からお前の命を守るように、と念を押されているんだ。戦場で死なれたら一生恨まれるから、安易に死なないでくれ」

「そうしようか」

「だが、ここまでは完璧だが、それでも七倍の兵差はきついな」

ヴィクトールはそう言いながら襲いかかってくる兵士を切り捨てる。

血しぶきが俺の顔に掛かるが、それをローブの袖で拭うと言った。

「たしかにその通りだが、安心しろ。七倍が二倍まで縮むから」

「兵を増やす魔法の壺（つぼ）でも持っているのか？」

「持っているのは俺じゃなく、姫様だよ」

　ヴィクトールはどういうことだ？　という顔をするが、口で説明をするよりも実際にその光景を見せたほうが早いだろう。そう思った俺は西方を見るように指示する。

　するとそこには騎馬に乗った軍団が土煙を上げてこちらに向かっていた。

「な、なんだ!?　あの一団は」

「あの紋章と旗が見えないのか？　あれは我が国のデザインだ」

「そんなことは分かっている。あれは味方か？　敵か？」

「異な事を言うな。同じ国旗を掲げているのだ。味方に決まっているだろう」

　そう言うと騎馬の一団はケーリッヒの軍隊の側面を突く。

　体勢を立て直しかけたケーリッヒの軍勢はひとたまりもなく飲み込まれていく。

　その光景をぽかんと見つめるヴィクトールに言う。

「あれは大地師団の連中だ。姫様の盟友だよ」

「姫様の盟友？」

「軍部はマキシスとケーリッヒの犬だけじゃないということさ。中には姫様のことを信頼する変わりものがいる。それが大地師団の団長、ジグラッド中将だ」

「あれがジグラッド中将か……、姫様の知り合いなのか？」

「隠れ親派だ。表だって支援してくれていたわけじゃないが、姫様主催のパーティーなどにはきてくれていた」

初めて招待された姫様のパーティーを思い出す。

ジグラッド中将は六〇歳近い老将である。貴族でもなければ士官学校出でもない人物で、一兵士から将軍に成り上がった立志伝中の人であった。

兵士からの信頼も厚く、また軍部での評判もいい。エルニア軍の良心とも見なされる宿将中の宿将だった。

その老将が伝令を送ってくる。ジグラッド中将の短い言葉を聞く。

「シスレイア姫はこの国にはなくてはならないお方。民を苦しめるケーリッヒは国賊」

ジグラッドはそう言うと援軍を買って出てくれたのだ。

瞬く間にケーリッヒの軍隊を打ち倒す大地師団。その手際はある意味俺以上であった。

これは勝ったか、ヴィクトールはそのような感想を漏らすが、それは拙速な考えだった。

その証拠である言葉をジグラッドの伝令は伝えてくる。

「天秤師団殿、ケーリッヒは邪教徒と内通している疑いあり、気をつけられよ」

それがジグラッド中将の懸念であるらしかった。

俺たち天秤師団に力を貸すのはそれが理由でもあるようだ。ケーリッヒは昨今、王都の邸宅に邪教徒を招き、なにかよからぬことを企(たくら)んでいるらしい。

「それは不穏当だな」

とはヴィクトールの言葉だが、特に驚きはしなかった。

むしろ俺としては分かりやすい。

ケーリッヒは悪魔に魂を売ってでも次期王位を手に入れたいということなのだ。

そのような輩(やから)とそれに付き従うものに手加減はいらないだろう。

俺は巧みに兵を指揮すると、ジグラッド中将と一緒に敵兵を殲滅していく。

中将と共に反包囲網を敷くと、ひとつだけ逃げ場所を用意しておく。中将も阿吽(あうん)の呼吸で従ってくれる。俺の指揮を不思議そうに見るヴィクトール。

「なぜ、完璧に包囲しないんだ？」

「敵兵を逃がすためさ」

「慈悲か？　同じエルニア軍で相打ちたくないか」

「それもあるが、ケーリッヒの部下はケーリッヒに心酔しているわけじゃない。ケーリッヒが勝てると思ってたからついてきたやつらばかりのはず」

「ふむ」

「そんな連中がこの状況下に置かれたら、即座に逃げるだろう。だから逃げ道を用意しておいた。ここで完全に包囲すると窮鼠(きゅうそ)と化してこちらの被害も大きくなる」

「さすがは最強の軍師だな。そのような深慮遠謀が」

「ま、兵法の基本だよ」

そう言うとヴィクトールの背中を叩き、さらに前線に出ることをうながす。

彼はふたつ返事で了承するが、俺を見ていぶかしむ。

「おれはともかく、軍師の旦那が前線に出なくても」

「前線のほうが戦局を把握しやすいだけだ」

——というのは方便で、本当は味方の損害を少なくするためであった。

自分で言うのもなんであるが、俺はエルニア一の軍師であると同時に強力な魔術師であった。まだまだ人材不足の天秤師団の中にあって、数少ない戦略級の魔術師なのだ。その力、大いに活用したかった。

それに——、戦場を確認する。

見れば姫様の部隊がすぐ側(そば)まできていた。

彼女もまた前線で指揮をしている。

彼女に触発されたわけではないが、彼女にいいところを見せてやろう、という気持ちがないと言えば嘘になる。

そんなよこしまな感情で前線で戦っていたのだが、結果としてそれが功を奏した。

自軍が崩壊し、軍同士の戦いに勝てない、そう察したケーリッヒが奥の手を出してきたからだ。

彼は撤退を主張する幕僚のひとりの腹を右の手刀で刺すと肝を取り出し、それを口元に運ぶ。その時点ですでに人間離れしているが、肝を口に運んだときの彼の目は、真っ赤に光っていた。その光景を見ていた彼の幕僚は震えだし、次いで逃げ始めた。

「ひい、殿下が狂った」

否、それは違う。

ケーリッヒは狂ったわけじゃない。

元から狂っていたのだ。

彼は終焉教団の導師から最強の肉体を手に入れる方法を教授されると、なんのためらいもなくそれを実行した。

それに殺人とて初めてではない。幼き頃より、気に入らない召使いを鞭(むち)で叩き、気に入らないメイドを階段から突き落としてきた。幼い彼は鞭で叩かれ、皮がはがれ落ちる奴隷を見て愉悦の表情を浮かべていたという。階段から突き落とし、首があらぬ方向に曲がったメイドを見て腹を抱えて笑っていたという。

そのような人物が狂っていないわけなどない。

レオンは調査報告で彼の残忍さを知っていたので、彼が邪教徒の力で悪魔になったことに驚きを覚えなかった。

「どうやらケーリッヒ殿下は、悪魔の王としてこの国に君臨するつもりらしいな」

みるみるうちに悪魔化していくケーリッヒを見下す。

彼の皮膚は裂け、緑色の肌が浮き上がる。口も裂け、醜怪な牙と舌が見える。

「魔術学院の師匠が言っていた悪魔そのものだ。邪教徒の神器を使ったようだな」

冷静に論評する俺。ごくりと唾を飲むのは鬼神ヴィクトールだった。俺は茶化すように言う。

「鬼神と呼ばれているが、本当の鬼は怖いようだな」

「ただの鬼ならばな。……しかしあいつは悪魔だぜ？」

「だな」

そんなやりとりをしていると、完全変体を遂げたケーリッヒが荒ぶる。

いや、荒ぶられる、と言うべきか。なにせやつはこの国の王子なのだから。

その王子様は手近にいた部下をむぐりと摑むと、悲鳴を上げる部下を食らう。

腹にある第二の大口で。

それを見ていたケーリッヒの軍隊は恐慌状態になるが、だからといって天秤師団と大地師団の士気が上がることもなかった。

いいや、それどころか味方すら容赦しない悪魔に恐れおののく。

ケーリッヒはかじりかけの部下の死体を投げる。死体の抱擁を受けた天秤師団の部下は恐怖におののくが、それも一瞬だけだった。

悪魔と化したケーリッヒはその鈍重な姿から、想像もできないような動きで兵士に近寄ると、右手を伸ばす。

　ズゴッ！

　太い腕は兵士の腹を突き破る。

　そこから赤い鮮血が飛びでる。なんと残忍で冷酷な悪魔なのだろうか。

　戦場に立つものは等しくそう思ったが、かつて王子の姿をしていた悪魔は想像の上をいった。

　彼はただ残忍なだけではなかったのである。

　ケーリッヒは兵士の腹を突き破った手を背から出して広げた。

　その瞬間、悪魔の手は紫色のオーラをまとう。

「……やばい！」

　そう思った俺は兵士たちに散開するように命じる。

　兵士たちは訳も分からず俺の指示に従ってくれた。

　それだけ将として、軍師として信頼を得ているということであるが、それでも散開しなかった兵士がいた。

　俺の真の実力を知らない新参の兵、あるいは命令を聞き取れなかったものたちだ。

　彼らに落ち度はないのだろうが、彼らが選んだ選択肢は死の道だった。

　悪魔の右手から解き放たれる膨大な魔力。

　まっすぐ竜の息のように解き放たれるそれは、逃げ遅れた数十の兵を飲み込み、消し去る。

その光景を見ていた俺は、痛いほど唇を嚙みしめ、右手の杖に力を込めた。

（……あの悪魔は俺が殺す）

心の中でそう誓った。

これ以上、部下が死ぬ姿を見たくなかったのだ。

†

悪魔を殺す。そう誓った俺は即座に行動に移す。

自身の足に《跳躍》の魔法を掛けると、兎のように俊敏に戦場を跳ねながら悪魔に近づく。

これ見よがしに近づいているためだろうか、ケーリッヒは俺のことを視界に入れる。

「……小賢しい虫め」

野太い声で言うと、兎を射殺すかのように魔法を放ってくる。

極太のエナジー・ボルトが襲ってくるが、俺は魔法の障壁でそれをいなす。

「なかなかやるな。お前、戦略級の魔術師か？」

戦略級魔術師とは、ひとりで戦局を変えてしまうような優秀な従軍魔術師のことだ。師団レベルでもひとりふたりいればいい稀少な魔術師のことである。

「戦略級魔術師の認定書はないよ。司書検定の合格証ならばあるが」

「雑魚ということか」

「かもしれない。しかし、あまり卑下しないほうがいいぞ」

「どういう意味だ？」

「その雑魚にやられるお前が惨めになるってことさ」

「ぬかせ!!」

と悪魔は瞬時に消え、俺の懐に現れる。

接近戦で俺を殺す気のようだ。

いい判断である。

魔術師は近接戦闘が苦手だからだ。

「……魔術師はこれだから厭だ」

そう嘆くが、嘆いたところで遠距離戦に切り替えることはできない。

なぜならばここで距離を取れば、味方が待避することができなくなるからだ。

今、ヴィクトールに指揮を執らせ、天秤師団と大地師団を後退させている。

このような化け物と戦わせるための軍隊ではないからだ。

そう心の中で確認していると、世界で一番可憐な声が耳に入る。

「レオン様！」

後方から聞こえてきたのは麗しのシスレイア姫の声だった。

彼女は息を切らせながら俺の名を呼ぶ。

今にも駆けだして俺の側にやってきそうだったが、それはクロエに止められている。

ナイスな判断である。

さすがは姫様のメイドだ、と目配せすると、彼女は無言でうなずいた。

俺は大声で言い放つ。

「姫様、その特等席で俺の悪魔退治を見ていてくれ」

「しかし、その悪魔は強大です。どうか我らにも尽力させてください」

「それは遠慮願おうか」

「駄目です。レオン様が死んでしまいます」

「なにを言っているんだ？　俺は天秤の魔術師なんだろう？　この世界に調和をもたらす軍師なんだろう？　こんなところでこんな雑魚に負けるか」

「……ですが」

そんなやりとりをしていると、血走った目のケーリッヒのかぎ爪が俺のすぐ横をかすめる。

頬の薄皮が切れる。

姫はそれを見て肝を冷やす。クロエはそんな姫を一喝する。

「おひいさま！　これ以上はいけません。女がすべきなのは男を信じること。生きて帰ってきたときに優しく抱擁してあげることです。ここはレオン様を信じ、ここから見守りましょう」

「……クロエ」

メイドの言葉に心を打たれたシスレイアは、その場で目を閉じ、祈り始めた。

「……レオン様が無事、ここに戻ってきてくれますように」

クロエは心の中で続ける。

（……レオン様はあの悪魔に打ち勝ち、おひいさまをその手で抱きしめます。これは運命なのです）

自信満々に心の中で言い放つクロエであるが、その予言が当たることはなかった……。

姫様とメイドという観客を得た俺は、俄然やる気になりながら悪魔と対峙する。

接近戦、それも肉弾戦という不利な状況で善戦する。

自身に《強化》を掛けまくりだ。二重三重に掛ける。

（……強化魔法は掛けるのは簡単なんだけど、掛け過ぎると翌朝が地獄なんだよな）

筋繊維に直接魔力を送り込む強化魔法は、掛かっているときはいいが、効果が切れると地獄の苦しみがやってくる。

骨が軋み、筋肉が悲鳴を上げるのだ。

ましてや俺のような強大な魔力を何重にも重ねると、しばらく行動不能になることもある。

（ま、そんな悠長なことを言ってられる相手じゃないが）

悪魔ケーリッヒは強化魔法を何重にも掛けてやっと同等という動きをしていた。

ここで出し惜しみをすれば負けるのは必定である。

そう思った俺は全身の魔力を集中する。

身体強化だけでなく、炎を身体にまとわせたのだ。

《炎身》の魔法である。

炎を身体にまとわせ、攻撃や防御において活用するのだ。

敵の攻撃は炎によって防がれ、俺の攻撃は炎によって倍加する。

ケーリッヒは俺に攻撃を加えるたびにその皮膚を焦がし、俺の拳がやつの身体にめり込むたびに苦痛に顔をゆがめるが、それでも躊躇することなく、攻撃を加えてくる。

やつの右手に青白い魔力がまとうと、今までとは違う攻撃がくる。

やつの右手は氷に包まれていた。

氷の手は鋭く尖っており、人間を突き刺すのに最適であった。

氷の手は俺の頬の横をかすめる。頬が裂け、そこから血が流れる。

自分の口元に血が滴ってきたので、それをぺろりと舐めると、不敵な笑みを浮かべる。

「やるじゃないか、宮廷暮らしの王族のボンボンにしては」

「青臭い宮廷魔術師風情に言われたくないわ！」

「たしかにそうだが、肩書きは正確に言ってほしいね」

一呼吸間をおき、続ける。

「俺の名はレオン。宮廷魔術師　兼　宮廷図書館司書　兼　天秤師団軍師のレオン・フォン・アルマーシュだ！」

そう叫ぶと全身に宿した炎を右手に集中させた。

「これでも食らいやがれ」

そう言うとやつの顔面に火の玉を直接食らわせてやる。

爆音と共に燃え上がるケーリッヒだが、すぐに鎮火させるとにやりと微笑んだ。

「こんなものかね、糞（くそ）妹の秘蔵の軍師の力は」

その余裕綽々（しゃくしゃく）の小憎たらしい顔はシスレイアの血縁、いや、それどころか人間にすら見えなかったが、その実力は想定以上であった。

三〇分後——

戦場に魔法の爆裂音と、肉弾戦の音が響き渡る。

あれからずっと戦い続けているのだが、戦況は膠着（こうちゃく）していた。

俺は絶え間なく距離を取ろうとするが、ケーリッヒは常に懐に入り込もうとする。

互いに互いの有利な距離の取り合いをしているのだ。

それを見かねた天秤師団の兵士がときおり、横やりを入れてくれるが、彼らはケーリッヒの一撃で生命を奪われていく。

無残にねじ曲がった首の兵士を見ると心が痛む。これ以上、姫様の兵を減らすわけにはいかない。

大声で彼らの参戦を拒否する。

「おまえら！　この化け物に近づくな、俺がなんとかするから！」

その言葉とケーリッヒの化け物じみた威圧感によって兵士たちは動きを止めるが、ケーリッヒはそれが気にくわなかったようだ。

「おまえひとりで俺を止めるだと？　気でも狂ったか？」

「こうして三〇分も掛けて人間ひとり殺せないやつに言われてもな」

「ぬかせ」

「事実だろう」

「たしかに人間風情でここまでやるのは認めるが、そろそろ魔力と体力が尽きかけているのではないか？」

「…………」

「沈黙はイエスと相場が決まっているのだ」

「……かもな」

かも、ではなく、事実であった。すでに俺は全身が肺になったかのように身体全体で呼吸をしていた。

身体の奥底に溜めてある魔力も今にも尽きそうだ。

いや、実は尽きている。身体強化をやめれば即座に死ぬことが分かっているのでできないが、もはや初級魔法の《着火》くらいしか使えないほど魔力が枯渇していた。

（つまり、この化け物相手にただの杖で戦わないといけないのか）

自殺行為だ。

周囲に武器になるようなものがないか、探したが、あるのは兵士が持っていたロングソードくらいだった。

あれを拾ったとしても魔術師風情が使いこなすことは無理だろう。

（……もはやここまでかな）

そう思わなくもないが、その瞬間、助っ人が現れた。

部隊を任せていたヴィクトール少尉と、メイドのクロエが参戦してくれたのである。

彼ら彼女らは同時にケーリッヒに攻撃を加える。

ヴィクトールが大剣を振り上げ、クロエが懐中時計の鎖の斬撃を加える。

突然の攻撃にケーリッヒは避けることもできずに、彼らの攻撃を受ける。

悪魔は右手を切断され、胴体に大きな傷を負うが、それは致命傷とはなり得なかった。

なぜならば悪魔は化け物じみた回復能力を持っていたからである。

斬られた腕を自分で接合すると、切断面が泡立つ。

身体も同様に回復していく。

悪魔はにたりとこちらを見つめる。

俺は吐き捨てるように言った。

「化け物め」

†

このようにしてケーリッヒとの対決は第二幕の終盤に差し掛かっていた。

ヴィクトール少尉とメイドのクロエの参戦により、多少、息をつくことができたが、それだけだった。

まだ、勝利の方程式が見えない。

そうつぶやくと、ヴィクトールが小声で尋ねてくる。

「……旦那、こいつは化け物だ」

「……同感」

「……なにか倒す算段はあるのか」

「……あるにはあるが、隙を見せてくれないと」

「……というと?」

「……これから禁呪魔法を詠唱する。それならばなんとか倒せると思う」

「……じゃあ、ちゃっちゃとやってくれよ」

「……簡単に言うな。魔力は残り少ないし、詠唱に時間が掛かるんだ」

「……ならば俺たちが時間を稼ぐ」

「……そうしてくれ」

というやりとりを始めると、軽く後方に下がり、呪文を詠唱し始める。

その間、ヴィクトールとクロエが時間稼ぎをしてくれるが、俺の見立てでは手練れの彼らでも三分が限度というところだろう。

三分以内に禁呪魔法を詠唱し終えなければいけない。

「ま、三分あれば乾麺も茹で上がるさ」

余裕綽々な台詞を漏らし、自身の心を落ち着けるが、ケーリッヒという男は姿だけでなく、心も悪魔だった。

俺が禁呪魔法を唱えようとしていると察したケーリッヒは、卑劣な手段を用いる。

己の身体の一部を引きちぎると、小さな悪魔を創造したのだ。

小さなケーリッヒは、

「グハハ」

と薄気味悪い笑い声を上げる。今すぐ黙らせてやりたいが、そのような暇はなかった。

小悪魔自体が強力だったからだ。

小悪魔はクロエを払いのけ、ヴィクトールを吹き飛ばすと、そのまま勢いで後方に向かう。

その瞬間、俺は寒気を覚えた。

やつの薄気味悪い笑顔の意味が分かってしまったのだ。

小悪魔が狙っているのは、我らが主であるシスレイア姫だった。

ケーリッヒは言う。

「ふはは、糞妹を殺せばお前たちになど用はないわ！」

そう言い、ヴィクトールとクロエに追撃を加えている。つまり、彼らは応援に向かえなかった。

この場で姫様を救えるものは誰もいないのだ。

――そう、俺以外は。

今、シスレイア姫を救えるのは俺だけだった、禁呪魔法が完成しつつある俺だけが彼女を救える。

そう思った俺は、迷うことなく、彼女を救う。

それが悪魔ケーリッヒの策略であることを承知で、やつの手のひらの上で踊る。

《太陽爆縮（フレア）》と呼ばれる無属性熱攻撃の最上位魔法を放つ。

身体に残された魔力をすべて使って放つ最後の希望を、小悪魔を殺すため、姫様を救うために使ったのだ。

姫様の理想の世界、姫様が笑って暮らせる世界を目指す俺としては、自分の命と姫様の命、天秤に掛けるまでもなかった。

禁呪魔法を詠唱し終えると、そのままそれを解き放ち、シスレイアに襲いかかっている小悪魔を殺す。

小悪魔は光の束に包まれると、そのまま原始に還元した。

それを見たケーリッヒは怒ることなく、にやりと笑う。

「馬鹿め、最後の切り札をあのようなあばずれのために使いおって」

ケーリッヒはそう言うとヴィクトールを吹き飛ばし、あらためて姫様を殺そうとする。

「禁呪魔法で俺を殺さないからこうなるのだ。情に流されおって」

俺はやつの言葉も行動も傍観しない。

最後の力を振り絞って姫様を救出するために走る。

魔力が枯渇し、足がちぎれそうなほど痛かったが、それでも最大速力を落とすことはなかった。

どちらが先に姫様のもとに行けるかの勝負は、俺が勝った。

ケーリッヒは不快な表情を浮かべたが、気にすることなく言い放つ。

「まあ、いい、先にお前を殺すまでだ。その身体喰らってやる」

そう言い腹にある大口を開け、俺を喰らおうとする。

姫様を守るため、下手に動けない俺は、やつに喰われてやる。身体の一部を喰わせることで姫様を救うのだ。

その献身的な行動を馬鹿にするケーリッヒ。

「あのようなあばずれに命を懸けるとは、理解できない男だ」

ケーリッヒは俺の左腕に食らいつくと、そのような言葉を漏らすが、それがやつの敗因となった。

俺の腕に食らいついているケーリッヒに笑みを漏らす。

「……なにがおかしい、小僧」

「いや、まだお前が俺の策略に気がついてないのが哀れでな」

「策略だと？　この期に及んでなにを言う。お前の左腕は食われ、これから全身をむさぼられるのだぞ」

「さあて、それはどうかな。そもそも俺の左手は痛くもかゆくもない。痛痒も感じていないよ」

涼やかな笑みで挑発する。事実、やつは俺に痛みがないことが分かっているようだ。不思議な噛みごたえに困惑している。

「……たしかに、なんだ、この感触は!?」

驚愕の表情を浮かべる怪物に言い放つ。

「お前の兄貴マキシス、それに弟のお前もだが、負けてばかりだな。マキシスは俺に手玉に取られ、お前は俺に殺される」

「ど、どういう意味だ？」

と言った瞬間、ケーリッヒの顔色が変わる。

やつは腹の大口で食べた「もの」の正体に気がついたようだ。俺の肩口にある機械の部分に気がついたようだ。

「……そ、それは鉄の腕!?　お前、義手なのか」

「ああ、お前の兄貴に切り落とされそうだったから、自分で切り落としたよ。ドワーフの技師に作ってもらった一級品だ」

そう言うと軽く後方に意識をやり、従軍させていた技師ドムスに感謝を捧げる。

ドムスは後方からにやりとこちらを見つめると言った。

「軍師レオン殿、ご指示通りその義手には大砲を仕込んでおきましたぞ」

「さすがはドワーフの技師だ。すごい技倆」

そう褒めるとケーリッヒは青ざめる。

彼はこれからの自分の運命を理解したようだ。

「……な、や、やめろ。その大砲を使うのは」

「やめる?　どうして?」

「俺は王族だぞ!?　次期国王だ。それにお前の主の兄だ」

「なるほど、都合のいいときだけ兄貴気取りか。ただ妹を可愛がるのならばもう少し早いほうがよかったな――」

俺は悪魔に魂を売ったクズを許すつもりはなかったので、冷然と言い放つ。

「お前の兄貴もそのうちそっちに行く、そのとき、兄弟ふたりでいがみ合いながら俺に負けた敗因を分析することだろうが、アホのお前たちには一生結論は出ないだろう」

だから俺が教えてやる。

そう言い放つとこう締めくくる。

「お前たちの敗因はただひとつ、姫様を侮辱した。――それだけだ」

その言葉とともに響き渡る轟音。

左腕の義手に仕込んだ大砲は爆裂音を上げる。

長兄マキシスに切り落とされた左腕は、その弟を殺したのだ。

大砲を零距離で喰らった悪魔ケーリッヒの腹は、無残に吹き飛び、四散する。

身体を引き裂かれ、内臓を飛び散らした悪魔。爆風と共にやつの血肉は舞うが、皮肉なことに悪党の肉塊の花火はそれなりに綺麗だった。

「この世界の悪党、すべてを花火にすれば、さぞ綺麗だろうに……」

俺がその言葉をつぶやくと、悪魔と化したケーリッヒは完全に死滅した。

こうして天秤師団とケーリッヒの抗争は終結を迎えた。

エピローグ

†

このようにして一連の戦闘は終わった。

すると姫様が真っ先に俺に抱きついてくる。

間近で悪魔を見、死にかけた少女だからだろうか、その身体（からだ）は震えていた。

俺は右腕で彼女を優しく抱きしめ言った。

「……怖くない、もう、怖くないよ」

その言葉はシスレイアにとって嬉（うれ）しいものだが、少しずれていたようだ。

彼女は大粒の涙を流しながら言う。

「わたくしは怖いのではありません。悲しいのです」

「愚兄が死んだことか？　一応、兄妹だしな」

ふるふる、と首を横に振るシスレイア。

「違います。そのようなことではありません」

「ならば俺が汗臭いことかな。淑女を抱きしめていい状態じゃないかも」

「そうでもありません。――わたくしが悲しいのはレオン様に左腕がないことなのです」

「ああ、これか」

どうでもいいような口調で言う。

シスレイアは身体を震わせながら言った。

「先ほどの会話では、王都でわたくしの名誉を守るためにその腕を捧げてくれたというではありませんか。レオン様はそのようなことのために大切な左腕を捧げたのですか」

「そのようなことじゃないよ。姫様の名誉は俺にとって最重要事項だ」

「……レオン様」

「正直、この世界がどうなろうとどうでもいい。誰が次期王になってもいい。ただ、君を侮辱するものが許せない。君を傷つけようとするものが許せない。だから俺はマキシスを殴り、代わりにこの左腕をくれてやったんだ」

安いものだよ、これでもう二度とやつは君を侮辱する言葉を吐かないだろう、と続ける。

「それに腕を切り落とし、義手にしたからこそ君を救えた。ケーリッヒを殺すことができたんだ。そう考えると安い代償だったたよ」

そう言うとさらに抗議しようとする姫様を右腕で抱きしめる。

失った左腕の分の力も込め、彼女を抱きしめる。

シスレイアも人の上に立つ器量を持つ女性、それ以上、泣き言は言わなかった。

ただ年頃の少女らしく、ひとしきりむせび泣くと、心を落ち着かせる。

涙が止まり、身体の震えが収まるのを待つと、彼女は力一杯、抱擁を返しながら言った。

「――わたくしがレオン様の左腕となります。今後もレオン様に付き従い、この国を改革していきます」

決意に満ちた彼女の瞳を見下ろすと、俺は片膝を突く。

そういえば彼女に忠誠を誓う儀式をしていなかったことを思い出したのだ。

片膝を突き、彼女の右手を握りしめると、それに軽く唇を付け言った。

「この身命、すべてをシスレイア姫に捧げます。全知全能を傾け、姫様の夢を実現させます」

その言葉を聞いたシスレイアは、聖女のような表情を浮かべていた。

先ほどまで剣戟の音と爆裂音が響き渡っていた戦場は、姫の笑顔によって浄化されていくような気がした。

影の宮廷魔術師 1
～無能だと思われていた男、実は最強の軍師だった～

発　　行　2020年3月25日　初版第一刷発行

著　　者　羽田遼亮

イラスト　黒井ススム

発 行 者　永田勝治

発 行 所　株式会社オーバーラップ
〒141-0031
東京都品川区西五反田7-9-5

校正・DTP　株式会社鷗来堂

印刷・製本　大日本印刷株式会社

ISBN 978-4-86554-625-5 C0093

【オーバーラップ　カスタマーサポート】
電　　話　03-6219-0850
受付時間　10時～18時(土日祝日をのぞく)

作品のご感想、ファンレターをお待ちしています

あて先：〒141-0031　東京都品川区西五反田7-9-5 SGテラス5階　オーバーラップ編集部
「羽田遼亮」先生係／「黒井ススム」先生係

スマホ、PCからWEBアンケートにご協力ください

アンケートにご協力いただいた方には、下記スペシャルコンテンツをプレゼントします。
★本書イラストの「無料壁紙」　★毎月10名様に抽選で「図書カード(1000円分)」

公式HPもしくは左記の二次元バーコードまたはURLよりアクセスしてください。
▶ **https://over-lap.co.jp/865546255**
※スマートフォンとPCからのアクセスにのみ対応しております。
※サイトへのアクセスや登録時に発生する通信費等はご負担ください。

オーバーラップノベルス公式HP ▶ **https://over-lap.co.jp/lnv/**